蒙馬特遺書

◉邱妙津／著

聯合文叢 099

獻給死去的兔兔

與

即將死去的我自己

若此書有機會出版，讀到此書的人可由任何一書讀起。它們之間沒有必然的連貫性，除了書寫時間的連貫之外。

Sa jeunesse antérieure lui semblait aussi étrange qu'une maladie de la vie. Elle en avait peu à peu émergé et découvert que, même sans le bonheur, on pouvait vivre en l'abolissant, elle avait rencontré une légion de personnes invisibles auparavant, qui vivaient comme on travaille—avec persévérance, assiduité, joie. Ce qui était arrivé à Ana avant d'avoir un foyer était à jamais hors de sa portée: une exaltation perturbée qui si souvent s'était confondue avec un bonheur insoutenable. En échange elle avait, crée quelque chose d'enfin compréhensible, une vie d'adulte. Ainsi qu'elle l'avait voulu et choisi.

——Clarice Lispector, "Amour"

從前的年輕時代之於她如此陌生彷彿一場生命的宿疾。她一點一點地被顯示且發現，即使沒有幸福，人仍能生存：取消幸福的同時，她已遇見一大群人們，是她從前看不到的；他們活著如同一個人以堅忍不懈、勤勉刻苦和歡樂而工作著。在安娜擁有家庭之前所遭逢的從沒超出她所能及的範圍：經常和難以維護的幸福相混的一種激擾狂熱換得的是，最後她創造了某些可理解的東西，一份成人生活。如此，這就是她所願意和選擇的。

——Clarice Lispector〈愛〉

目次

【見證】

小詠，我所唯一完全獻身的那個人背棄了我，她的名字叫絮，連我們三年婚姻的結晶，她所留在巴黎陪伴我的兔兔，也緊接著離開世間；一切都發生在四十五天裡。此刻兔兔冰涼的屍體正安靜的躺在我的枕頭旁，絮所寄來陪我的娃娃小豬就依偎在牠旁邊，昨夜我一整個晚上抱著牠純白的屍體，躺在棉被裡默默嚎泣……

小詠，我日日夜夜止不住地悲傷，不是爲了世間的錯誤，不是爲了身體的殘敗病痛，而是爲了心靈的脆弱性及它所承受的傷害，我悲傷它承受了那麼多的傷害，我疼惜自己能給予別人，給予世界那麼多，卻沒辦法使自己活得好過一點。

世界總是沒有錯的，錯的是心靈的脆弱性，我們不能免除於世界的傷害，於是我們就要長期生著靈魂的病。

小詠，我和你一樣也有一個愛情理想不能實現，我已獻身給一個人，但世界並不接受這件事，這件事之於世界根本微不足道，甚至是被嘲笑的，心靈的脆弱怎能不受傷害？小詠，世界不要再互相傷害了，好不好？還是我們可以停下一切傷害的遊戲？

小詠，我的願望已不再是在生活裡建造起一個理想的愛情，而是要讓自己生活得好一些。不要再受傷害，也不要再製造傷害了，我不喜歡世上有這麼多傷害。當世界上還是要繼續有那麼多傷害，我也不要活在其中。理想愛情的願望已不太重要，重要的是過一份沒有人可以再傷害我的生活。

小詠，你是我現在相信、相親的一個人。但我一個人在這裡悲傷會終止嗎？縱使我與世上我所傷害和傷害我的人和解，我的悲傷會終止嗎？世界上爲什麼有這麼多的傷害，我的心靈已承受了那麼多，它可以再支撐下去嗎？它要怎麼樣去消化那些傷害呢？它能消化掉那些傷害而再重新去展開一份新生活嗎？

小詠，過去那個世界或許還是一樣的，從前你期待它不要破碎的地方它就是破碎了；但世界並沒有錯，它還是繼續是那個世界，而且繼續破碎；世界並沒有錯，只是我受傷害了，我能眞的消化我所受的傷害嗎？如果我消化不了，那傷害就會一直傷害我的生命。我的悲傷和我所受的傷害可以發洩出來，可以被安慰嗎？在我的核心裡眞的可以諒解生命而變得更堅強起來嗎？

小詠，有你和我並立在人世，我並不孤單，你的生命型態和我相親相近，你了解我的生命並且深愛我。但我需要改變，不是嗎？我不知道要如何改變，我想要變成另外一個人，這就是全部我所能對自己好的方式了。我知道我得變換一種身分，變換一個名字活著，我得哭泣，我得改變一種人生活著。

小詠，我已不再願望一個永恆理想的愛情了，不是我不再相信，而是我一生能有的兩次永恆理想的愛情都已謝去，我已老熟、凋零、謝落了。小詠，我已完全燃燒過，我已完全盛開了。一次是因爲我還太年幼而錯過，另一次則是由於我過於老熟而早謝了。但儘管只有一剎那的盛開，我也是完全盛開了，剩下的是面對這兩次殘廢愛情意義的責任，因我還活著……

【第一書】

四月二十七日

絮：

時間是一九九五年四月二十七日凌晨三點，你在台灣的早晨九點，兔兔死於二十六日午夜十二點，距離牠死後二十七個小時。牠還沒下葬，牠和牠的小箱子還停留在我的房間陪我。因我聽你的囑咐不把牠葬入塞納河，要爲牠尋找一個小墳墓。我還沒找到合適地點。

二十七個小時裡，我僅是躺在床上，宛如陪同兔兔又死過一次。我把自己關在房間裡盡情地想你，想兔兔。一個多月來，除了怨恨和創傷之外，我並沒辦法這樣想你、需要你、欲望你，因爲那痛苦更大。這之間，我也沒辦法如同過去那樣用文字對你傾訴，因爲我說過寫給你的信是一種強烈的愛欲……

下定決心，不要任兔兔就這麼白死，要賦予牠的死以意義，否則我走不過牠的死亡，我接受不了，沒辦法繼續生活下去。我告訴自己，或是爲牠寫一本書，並且不再繼續對你訴說，將愛就此緘封起來；或是爲牠再繼續愛你，無條件愛你，爲你再寫一套和那年年底完全對稱的奔放書信，炙熱的愛之文字。

一口氣寫好三十個信封，是這個月先要寫給你的信。我要再像那年年底那般專注地爲你創作。

我羨慕你，羨慕你能得到一顆美麗心靈全部的愛，且這愛是還會成長，還會自我調整，歷經劫難還會自己再回來，還是活生生，還會再孕育生產新東西的愛。

請不要覺得負擔重。我只是還有東西要給你，且是給，只能給了。蜜汁還沒被榨乾，一切的傷害也還沒完全斬斷我牽在你身上的線，所以我又回到你身邊專心爲你唱歌。雖然那線已經被你斬得幾近要斷，如一縷游絲般掛在那裡，且不知什麼時候你要再下毒手將它砍絕，但在那之前，我要攀著它盡情地歌唱。

架，換我來做一條水牛吧，你曾經爲我做過那麼久的水牛，你說做水牛是幸福的。我只求你不要再只做只說那些負向的事，把水牛弄得疼痛地逃跑，好嗎？有我願意爲你做水牛，你就讓牠有個位置待在那裡，舒服地待在那裡，好嗎？任你再怎麼狠心，一條你愛也愛你進入第三年的水牛，你忍心把牠趕跑，要牠再也不出現，不存在嗎？這條老水牛真的不值得你眷顧、在乎嗎？我已經這樣發了瘋地愛著你三年，我已經這樣完完全全地給予你，徹徹底底地愛著你三年了，且如今我還整整零亂的腳步與毛髮，準備再回到你身邊繼續這樣地愛著你。這樣的一條老牛眞的是路上的任何一條牛嗎？你告訴我，這樣一條經過考驗的牛，你一直養著牠，餵牠一點糧草吃，牠以後眞的生不出來你要的那種生活、人生或愛情嗎？

找這個階段，自己經受著的，看著他人的，都是長久且不斷歷經風吹雨打的愛情，這才是我要支撐、才是我不計一切代價要去給予、付出、灌溉的。禁得起考驗的才算是眞愛，我渴望著褪去風霜還能手牽手站在一起的兩個人；我渴望著不斷不斷付出而又經受著歲月的淘洗、琢磨而還活著的愛。絮，我已經不年輕、不輕浮、不躁動、不孩子氣了，我所渴望的是爲你做一條永遠深情且堅固的水牛，做一條能眞正愛到你又能眞正讓你的人生有依靠的水牛。如今我對這樣一條水牛有非常具體的想像力，我會做給你看，讓你明白我愛你的潛力有多大，我發誓要長成一條可以讓你依靠的水牛給你看。我知道那是什麼樣子的。

「兩情若是久長，又豈在朝朝暮暮」，過去我很愛的兩句話，如今眞的我自己也有機會用到了。

九二年到九五年間我已成長不少，我已經又領悟且實踐了更多愛情的道理了，不是嗎？但我還是同一顆炙熱的心，絮，你不知道縱使你的人再如何離開我去愛別人，你的身體再被如何多人所擁有，我都不在乎這些。我也明白，我並沒有辦法因爲這些遠走、背叛而不愛你，你之於我還是一樣，不會有改變的。這是我要告訴你最重要的話，也是一個月來我所走過最深的試煉，我痛苦，可是我走過來了，我的愛還在，且更深邃，更內斂也將更奔放了。

也因如此，我才能繼續對你開放，給你寫這樣的信，你明白嗎？你對我的種種不愛與背叛，無論程度如何，都不會阻止我對你的愛，也不會構成我們面對面時的痛苦或阻斷。過去我說不出這樣的話語，這些話是我今天才說得出口的。因爲兔兔的死，把我帶到一個很深的點，使我明白我有多需要去愛你，也使我明白我可以多愛你。

今生，若有機會再見到你，並不會因爲你已如何如何地不屬於我，或是你結婚生子去了，而使我之於你的熱情受到什麼影響，你永遠都是那個我見到她會跪下來吻她全身，欲望她全部的人。但若你一直都不要我這個人，我或許會去跟別人生活在一起；我有一個很強烈的愛的靈魂，也在身體欲望熾烈的盛年，如果你要我，我可以繼續爲你守貞，忍耐我身體的欲望，在任何你願意給我的時候被滿足；但若你不要我，你不用說我也會知道的，我會讓我的身體和生活去要別的人，並且去發展一份健全而完整的成年生活，去享受更多也創造更多。然而我的靈魂，她打算一直屬於你，她打算一直愛你，一直跟你說話。如果未來我的靈肉不能合一，不能在同一個人身上安放我靈與肉的欲望，那也是我的悲劇，我已準備好繼續活著就要承擔這樣的悲劇了，但是兩者我都不會放棄，兩者我都要如我所能我願地去享受去創造。

你問我什麼是「獻身」？「獻身」就是把我的靈與肉都交給你，都安置在你身上，並且欲望著你的靈與肉。你又問我爲什麼是你，不是別人？因爲我並不曾那麼徹徹底底地把自己的靈魂與身體給予一個人，我也不曾那麼徹徹底底地欲望著一個人的靈魂與身體。

是體驗的問題。我或許能與其他許多人相愛，無論身體或靈魂的，但我知道程度都不及我與你深而徹底，我無法像渴望身心屬於你般地渴望於別人，我也沒有像渴望你的身心般地去渴望另一個人。沒有的，是程度的問題，程度都及不上你之於我的。這些你都知道嗎？所以是你，就是你，不會再有別人在我身體與靈魂的最深處。儘管你已不要我、不愛我、不屬於我了，但我還是要大聲告訴你，我們所曾經相愛、相屬、相給予，我們彼此所開放的，所曾經達到的靈魂與身體的溝通，是不再有人能取代的。我要告訴你，你是接受Zoë的身體及靈魂最多的一個人，你也是曾經愛過懂過最多我的身體及靈魂的，就是因爲你是唯一一個這樣愛過我、接納我、了解我歌聲的人，所以Zoë到了你的手上，才算是眞正徹底地燃燒起來……我怎能不愛你呢？也因這樣，在你要拋下我，我不能再繼續爲你燃燒時，我的生命才會有那麼大的痛苦與暴亂啊！你已宣判我是不能與你同行的一個人，其他人或許會進駐我的人生，或許可以比現在的你給我更多，了解我更多，但是，我要一直告訴你，你所曾經給過我的，你所曾經和我溝通、相愛過的深度，是無人可比，也是空前絕後的。是因爲這樣，所以儘管絕望，沒有回報，我還是要盡我所能用我的靈魂愛你。

Tu es le mien, Je suis le tien.

永遠，你是我的，我也是你的，沒有人搶得走你，也沒有人搶得走我。

你說現在像是走在沙漠裡，我感覺到你並沒有完全對我麻木、無感、無情，只要我還能感覺到你對我還有一絲接受力，那對我而言就是最重要的，我就還能告訴自己說我可以給予你。

不知道我還有那本事沒有，我捨不得你走在沙漠裡，我要給你一小塊堅實的地可以踏著，起碼是遠處一小方綠洲可以眺望著，不要讓你在現實裡再飄蕩，在精神裡再奔逃。都是我的錯！我沒有把握，但是讓我再以我的生命爲基礎，用我的文字建這一小方地，看看，能不能再給你一個中心　好嗎？

【第二書】

四月二十八日

絮：

時間是一九九五年四月二十八日清晨一點，兩個小時前我剛埋完兔兔。

總算不負你的希望，我親手將兔兔葬在Mont. Cenis旁的小三角公園，內心唯有滿足與喜悅，不再有悲傷。距離兔兔離世有兩整天，這兩整天裡牠都停在我房間，我是第一次體嚐到一個我所愛，和我生命相關連的生命死亡是怎麼回事，就這樣消失，不再存在於這世界上……牠的遽然離世，使我從稍稍復元的狀態中，又措手不及地被孤獨的感覺擊倒在地；又彷佛一隻剛剛站穩，恢復平衡的三腳凳，突然被鋸斷一隻腳，一整個半天我又掉到不吃不喝的憂鬱狀態裡，死亡的氣息環繞著我……你說為什麼我又讓自己痛成那樣，為什麼我沒有半點免疫力……我不知道，我內在的感受性太開放了，Susceptible，就是這個字，佛教說的「易染」，那正是我的疾病也是我的天賦，是我的寶藏也是我的殘缺啊！

今天早上焦慮著埋葬兔兔的事。我答應你不將牠水葬，要以土葬，也給予你一個意義，讓你有可能來看牠。然而，四處打聽，朋友們都認為找不到地方，動物墳場又太貴，Camira 甚至要我將牠放在垃圾箱……牠已停放兩天，不能再拖，怕牠的屍體腐爛，我惟恐完成不了你的心願。下午我決心要振作起來，讓兔得到安葬，也叫你對我們兩個放心，爸爸會照顧兔兔……

我先爬起床去寄你的第一封信，回來給自己買了十朵香檳色的玫瑰（後來分了阿螢三朵），一支藍色的胖蠟燭（現在它陪著我），一支挖土的鏟子。回來後又送走昨天洗好而來不及烘乾的衣服（此刻換好了烘乾的新褲子），包裝在東京機場為家人買的禮物（三條領帶給爸爸和姊夫，兩個皮包給媽和姊姊）。到郵局去寄信的時候，心血來潮為你買了三十組漂亮郵票，共有四種式樣；領到你寄給我的書和CD，很意外也很開心。回程打了通電話給水遙要告訴她我很平安，沒找到她；留了一通電話在翁翁的答錄機裡，告訴他我已看過《重慶森林》及《愛情萬歲》的感想。傍晚回家做了一盤洋蔥蛋炒牛肉，通心粉，煮了飯，看電視新聞，之後就回房間把那三十組郵票貼在寫好的信封上，邊聽你寄來的歌劇精選，感覺奇異地幸福。又打了通電話給輕津訂約會，跟欣平談學小提琴的事。飯前白鯨也打過電話逼問我兔子如何安葬，我就順便催了催她學踢躂舞的事，講了一下論文的進度。

十一點鐘一到，我抱著兔兔的小箱子，背著袋裡的工具，神秘地出門去……公園所有的門都已上鎖，怕被人發現，我找了一個偏僻的角落，偷爬圍牆進去，鑽入樹圃裡，邊留意有沒有警察來，邊躲在一棵較粗的樹叢間挖土。因為下雨，土很鬆很柔軟，挖到一定大小，我決定將兔兔的屍體自箱裡取出，讓牠可以直接接觸土壤，快速地腐化，我想牠會很高興去滋潤那棵大植物吧。爸爸媽媽的合照，爸爸媽媽給牠的兩封告別信、較牠更早死的那盆植物，牠喜歡玩的大刷子及衛生紙團都陪牠葬在土裡。牠的屍體仍完好，似乎比前兩天更柔軟，我為牠蓋上半條藍色毛巾，附上牠的糧草，把泥土全都推回洞裡，用腳踩平。

瞬間很想哭，想到沒負你所託，想到再也看不到牠可愛的白色小身體，想到我終於體會到「親手埋葬」四個字，想到村上春樹說六年埋葬了兩隻貓的事，而我要在巴黎這美麗又孤寂的城市裡獨自埋葬多少隻兔兔，多少秘密的愛呢？想到我竟眞的「親手埋葬」了我對你和兔兔的愛，我和你們兩個的愛情眞的就結束在泥土裡，剩下的只是幻影和回音吧？絮，你誤會我了，我或許不是個夠健康足以擔當兔兔的爸爸，但是我並沒有虐待牠，我盡了我的愛心在照料牠，牠死的時候，我是個勇敢的爸爸！CD裡的第六首，聖桑的〈輕喚我心〉很貼合如今我面對兔兔之死的感情……絮，從église這端的入口走入公園，第二張長板凳右後角的大樹下，泥土稍突露出幾絲乾草，其上插著一小株香檳色玫瑰……那就是我們心愛的兔兔及愛情的安息地，在Mont. Cenis的小三角公園！

【第三書】

四月二十九日

絮：

下午四點多時有一通電話，昨晚信寫得太晚，人還在床上，今天的 天還沒展開，一瞬間覺得可能是你打來要關心兔兔的葬禮，但來不及爬起來電話鈴聲就停了。我放棄了可能是你打來的念頭。在這段努力要將我甩開、視我如洪水猛獸的時期，你大約不可能勉強榨出幾滴眞心關愛來罷。

絮，你這個月對我的所作所爲是錯的，你對待我的態度是錯的；我必須對你這樣說。站在一個人對人的立場上來講，儘管我較你年長老成，儘管你再怎麼年輕不懂事，但每個人一生都要對自己做過的事，以及對他人犯過的錯負責，每個人在內心裡都逃不掉那份責任的，我也是，我也在為我對他人所犯的罪做償還。

我認為人與人之間是有情有義的，至於情義的內容或範圍是視兩人間的默契或誓約而定的。人的內在、生命、人格的「一致性」愈高，就愈能眞實地、誠信地活在這樣的默契裡；人間的這種「一致性」太低，就會不斷地去對他人犯錯，內在產生混亂，或是不得不完全封閉自己的精神。這種「一致性」就是Gabriel Marcel所探討的 fidélité（忠誠）的問題核心。這一個月，我又更用心地去研讀Marcel，我發現我的生命已發展到可以更加懂得他的整體精神，也可以和他的關懷範疇整個疊合了。我很高興，像是找到知交一般，想要學小提琴有一部分也是被他所感動，想要追隨他。

不知道是否還有機會跟你講更多有關於他的哲學藝術，也不知道你是否能夠欣喜感動……或許我不能代替詮釋你的人生，不能代替你發言、做選擇，但是，從我給你的第一封信起，我就在提供你一份清晰的內在藍圖，我就在照亮你的內在座標，不是嗎？你的內在生命是與我所共生出來的，除非你要完全封閉它，完全閹割它，否則那部分除了我之外，沒有人能再滿足它，它會一直在那兒渴望與我溝通，只要我的生命還存在，它都會渴望聽到我的聲音，渴望聽到我的精神生命所流出的音樂。

當然，你也可以壓制、痲痹這個渴望與需要，但它已經在你生命裡誕生了，你也飽滿地嚐過那是什麼了，這個「靈」的存在是事實。你的靈和我的靈是完全均質、和諧的，以後你將會慢慢發現，你的那一部分是我們一點點給予、灌溉、呵護而形成的，最後也是因爲我們狂暴而阻塞、擱淺、關閉起來的。人世間什麼樣的愛情關連都不夠可怕，生活、身體或其他鍵結方式的長久關連都不夠可怕，唯有這種「發源性」的靈魂歸屬（甚至是「孕育」）的關連，才是最可怕，最磨滅不掉的。那種「關連」是會一直活著的，也是因爲如此，人類才有那種不得不去斬斷、否認，又無法超越的「關連性」的痛苦。

正是我明白了這層道理，所以，在這兵荒馬亂的時代，我只告訴你一個簡單的結論：「我們之間不要有rupture——斷裂。」我也漸漸明白了，這一整年到底是發生了什麼事；我的狂暴，你的封閉，我出了什麼問題，你出了什麼問題……我已不再需要透過你來給予我資料，我自己已經穿透這些迷障，走出這片叢林。所有這一切並不是源於其他人或你對其他人的欲望——那並不重要，重要的是我們之間靈魂的溝通出現障礙，我們之間情感的給予和被給予沒銜接好。然而，你對我「背叛」的意義卻已然刻下，未來或是你將付出代價的時代，你要付出的是你將部分或全部地失去我，失去我對你最美最寶貴的 fidélité（忠誠）：這也是沒有人會有能力再對你做到的。因爲「忠誠」不是一種被動、消極的守門姿勢；「忠誠」是來自生命內在完全的完全打開與燃燒，是一種積極、意志的熱望，需要全然的自覺性及實踐性。

我也不贊同你用「世俗」與「非世俗」的切面來分割我們之間的差異，或是解釋我們之間的裂痕——我不同意，一點也不。

「世俗生活」要求的是一種被動、倫理道德的「忠誠」，如我的父母，你的父母都活在如此的一生，努力在「世俗生活」裡做個標準合格的人，但是配偶本身除了外圍世界的關連外，內在本身兩人之間的關連可說是很淺很少的。他們不是完全沒有靈魂的需要，完全沒有熱情的痛苦，只是他們將之轉移到外在世界，或是以別的方式發洩。他們過如此的「世俗生活」，如此切割他們的生命結構，是他們的選擇，也是他們別無選擇，別無其他想像力。

如果你因此說我是「非世俗」的人，沒錯，如此的「忠誠」與「世俗生活」對我確實沒有意義，我確實不欲望這樣貧瘠的生活與靈魂。如果你說你正是這樣的人，你所適合的正是這樣的生活，那也很好，如此，我根本不會有什麼痛苦，如果你是如此的人，或將變成如此的人，那我也就不會跟你有什麼關連，我根本無法需要你，也無法欲望你這個人。我和玄玄的關係正是如此，這也是我對她犯罪的地方。

儘管可以在生活上完全依賴她，從她那兒予取予求得到她的愛，但過去我並不明白，其實我的靈魂並沒有辦法需要她、欲望她。我試圖盡責地照顧她，愛護她，為她做全部我認為應該做的事，去賺錢，去負擔家計，聆聽她，保護她。我和她所過的正是倫理道德的忠誠與世俗生活。

後來我才明白她對我卻不是。

她渴望我的熱情，我卻沒辦法，我不曾把我的靈魂真正給過她。更殘酷的是，她卻眼睜睜看著我把我的靈魂完整地給了你，我在你身上燦爛地燃燒。她看著，她懂得，她經歷著這一切；彷彿零與百的差別，所以她痛苦得幾近毀滅；這是我對她所犯的罪，就是你也參與其中的玄玄的故事；一個我所經歷過的失敗的「世俗生活」的故事。

不要說我不懂、沒有能力過世俗生活，或是不屬於世俗生活，相反地，我發現只有我是真正有可能去過同時包含這兩種生活的人。世俗生活的強大能力含納在我的體內，蘊藏在我的生命裡，也可說是藏在我體內那顆「渴愛」的種子裡。

它和一般人發育的順序是顛倒過來的，我的人生是先長出強大的精神能力，再長出現實的欲望與能力。是因爲那「渴愛」的種子沒有辦法好好生長，又吸乾我生命全部的養分，悲劇就是如此。你來法國的這半年，原本我有一個機會使「渴愛」的種子開花結果，使世俗生活盛開，事實卻因你的封閉及不愛我，反而將我帶上一段內在的暴亂與自毀。在遭遇背叛之後，我去東京見到小詠。在我身體癱瘓，精神崩潰的那一個月裡，是小詠負擔我，照顧我，第一次對我開放，分擔我的欲望與痛苦，給予我所深切渴望的熱情與溝通，我才恍然明白這一年來到底是出了什麼事。

我和小詠的故事很長很密，我沒辦法三兩句述盡……

她確實是對她之於我的那一份深愛負起責任，儘管不是百分之百的愛，卻使我「渴愛」的種子神奇地開花結果。她這三年靈魂的成熟，使她明白她愛著我，並且她也準備好要對這份愛欲負責；這對我來說未嘗不是一種拯救。因她自覺到她只能去欲望什麼樣的愛，並且她整個人都在爲如此的領悟與覺悟付出代價並負責。所以我並不須完全擁有她，而能被她深愛到，且我的生命也從病入膏肓中迅速康復，世俗的能力也因此開始開花結果。

正是因爲她，我想健康起來，我想做一個健全而完美的人，正因爲被她的愛所感動，所以我想去長成一個強壯（特別是世俗生活的部分）足以負擔她的人；她的生命由於長期愛著一個不當的人，實已造成靈魂一部分無可救藥的殘廢與病態，她對那個人有盟誓，我對你有盟誓（你則還沒進入人生能有盟誓的階段），等到我完全卸除我對你的責任（什麼時候？是你變成和我完全不相關的那種人的那一天吧，說來悲哀……）之後，我相信小詠是我整個人生「最終」所要等待的那個人，她已經永遠存在我的人生故事裡，因爲她是一個生命眞正需要我的人，那種需要的形式具有高度的排它性與選擇性，非我不可，沒有其他人可以在那個位置，如果沒有你，最終我會去愛她以及她未來的孩子，並且隨時我都準備好要去負擔她，最終唯有我才能整個負擔起她殘廢或破敗的生命。更可貴的是，她和我之間，已相互諒解，我和她的感情已徹底穿越過愛欲與佔有的關係，使我眞正自由且獲得關於愛欲的解救。所以我要說她是第一個使我經驗到「創造性忠誠」的人。臨分離之際，她叫我要去把我的熱情發洩出來，無論如何，以什麼方式；我也告訴她我會爲她活下去，長成一個健全足以照顧她的人。

至於你，絮，我跟輕津說：「我是不幸的，我把自己徹徹底底地奉獻給一個不能領受我的愛與美的人！」

還有很長很長的反省與體驗想寫在這裡給你……但寫了七、八個小時，我已匱乏，疲倦至極……絮，有幾件事，或許不是眞理，但讓我在這兒提示你，好嗎？

(1)**關於「背叛」**。

這一個月你在生活、意志及身體上背叛我，我已經嚐受到怨恨與創傷的折磨，我已付出代價。這已經是我所能被你背叛與傷害的極限了。但我並沒有死，我還活著，且會愈活愈好……然而，你的靈魂卻背叛不了我，你的靈魂會一直渴望我，被我霸佔。對你來說，我在生活、意志和身體上的背叛都傷害不了你，一方面是你不會眞正在乎過我的這些，另一方面也是你還不明瞭愛欲之獨佔是怎麼一回事，然而，你總會因我的靈魂對你背叛而受苦，你無法眼睜睜地看著我把靈魂徹底地給予另一個人，且不再眷顧於你。眞有那一天，你會付出巨大的代價，而如今你是正在失去我的靈魂，但我還在撐著。

(2)**關於「熱情」與「性」**。

架，不是我這個人不能使你欲望的問題，是你的身體還沒發展到欲望的時候；你身體的欲望還不能跟你靈魂裡的愛欲相結合，相一致，相協調；並非你會一直停滯在這兒，是你欲望成熟的時刻還沒到。

身體成熟的那一點，身體的欲望是容易對身邊的很多人開放的，因爲那欲望是漫溢的，需要被滿足的。身體的欲望較不具排它性，但若無法與靈魂的愛欲相結合，會產生靈肉的斷裂。而性或熱情終究不是單由身體發動的，眞正的相互結合與給予，是由靈魂在發動的。靈魂眞能相愛、相滿足，身體和生活的其他元素也自然會被帶動而均質、協調、同化。絮，有一天，當你身體欲望成熟，你能欲望任何身體時，你也能欲望我的。但是，前提是那時我們之間並沒有斷裂，我們的生命還有可能並置，我們的靈魂還在繼續相愛，那時我們的身體就會自然地相滿足，你也會發現你只能欲望我最深，因爲你的靈魂愛我最深。這正是我努力在做，不願再有錯過的地方，要維持我們靈魂的相溝通、相愛。

(3)**關於我的「狂暴」及你的「封閉」。**

絮，你從來都不是眞的不愛我，你也沒辦法眞的不愛我。但是，長長的一年裡，你的確是表現出不愛我，你的確是做到了許許多多代表不愛我的事，而我之所以沒眞正了斷與你的關連，是因爲我還體驗到你在愛著我，你渴望著我的靈魂，但這一切卻以非常微弱而扭曲的方式呈現出來。

是因爲我一直在怪你，這個「怪」是從我搬到巴黎之後開始的。可悲啊，一對完全相愛的戀人竟然要經過這樣的旅途！我需要你卻無法被滿足，你性格中的不自由、不獨立，對我熱情的不能了解，以及不能承擔這激情的痛苦……這些都叫我怪你，我不滿足，深深地不滿足，去年三、四月這種種責怪嚴重爆發，使你開始對我封閉……可悲啊！之後每下愈況，我陷入「狂暴」的病態，你也陷入一場長期「精神封閉」的病態。當你開始對我封閉的那一天起，你的內在就開始陷入混亂與迷失，而這些又導致我更深的受挫與更大的不滿足，最後是你完全表現不出愛我的心意，而相反地，欲望著、陳述著不愛我，我也發了狂似地責怪你，完全陷入歇斯底里之瘋狂狀態……

我們是互相把對方變成這樣的。這其中最大的錯誤是我那個「怪」的心，那是我錯誤的第一步。從來你所要信任、所要開放、所要熱愛、所要徹底付出的人是那個完全了解你、無條件包容你、不曾眞正「怪」過你不長大、不能滿足他的人；這也的確是我來巴黎之前所曾經做到過的。而你雖然沒長大到可以來滿足我精神、欲望與生活的需要，還沒成長到有足夠的條件來與我結合，但是，你的確曾徹徹底底地給予我。在我來巴黎之前，我也是因爲感動於你的徹底性，並在這徹底性裡得到完全的安頓；那個階段，我們確實是完美地相配合著，相溝通著。

直到巴黎的生活使我生病，陷入絕望，而那又是你不能體會的生活與絕望，我們之間的溝通就開始出問題……我開始嚴重地怪你，你潛在對自己的「怪」也跑出來，這一切的「怪」使你受挫，受挫又受挫，終於導致你對我之「封閉」，連帶地，我失去你對我的信任、開放、熱愛與徹底付出。最後，最悲慘的是，我「狂暴」的疾病也把你人格的自信與統合壓垮了，所以，如今你對我甚至連最基本的誠實、信用、勇氣與擔當都表現不出來，你對我表現出一個根本不是你的人。（眞的，絮完全不是這樣的一個人，我所深深認識、信仰、熱愛、頂禮膜拜的絮全是與此相反的。不是她變質消失了，是她對我遮蔽了。）這一個月即因爲我對那個神之信仰完全破產，所以精神徹底崩潰了，這也是我悲慘的終極！

絮，你並非眞的變成不愛 Zoë 不需要 Zoë，相反地，是因爲你一直盡力來滿足他卻又滿足不了他，你才被壓垮，才被挫敗掉的。前面完全開放能徹底愛到他時是在盡力，後面完全封閉不能徹底愛他時也是盡力在滿足他，然而你太疲憊、太挫折了，所以你走上拋棄他的道路。但是，你並沒有辦法完全拋棄他啊，因爲從你接受他的愛起，你並沒有一刻停止過愛他，停止和他的靈魂相關連，你並沒有一刻能眞正抹除他在你生命裡所佔據的龐大份量，你並沒有一刻眞正擺脫掉靈魂屬於他的命運，你也不曾眞正停止過爲他的生命盡力，盡力滿足他，盡力朝向他成長……所以，我要和你斷論說，不愛才是眞正混亂你、傷害你愛欲核心的一件事。絮，你的初戀不能跟其他人相比，你抹殺不了那份痕跡的，因爲你的身體與靈魂是如何徹徹底底地被我欲望過，被我熱愛過，我是如何深刻地在你的靈魂及身體上烙印下第一個完美的痕跡啊！那是你生命第一個愛欲的印痕，且這個戀人又是如此徹徹底底地給予你屬於你，你眞能忘記這個愛欲相結合的記號，能嗎？除非你完全關閉你的精神，就如你最近所努力做的。

解鈴還須繫鈴人，你精神的封閉狀態，也是除非我打破不了的。如果你不能再來與我的靈魂溝通，你的生命不能再對我開放，你也走不出這片沙漠，沒有其他人是你的出口，甚至你會失去跟自己靈魂的溝通，然後你逐漸就會傾向變成一個我不喜歡，沒辦法去欲望的一個人，我就會是一片斷了線的破風箏，一去不回頭……如今我所在努力的正是使你再來與我溝通，再來信任我，再來對我開放；我試圖打破你的封閉狀態。但這裡存有幾個前提，一是我要能真正地停止要求你，停止責怪你，此外，我要讓你再能捕捉到那份被無條件包容的，來自Zoë的原始被愛的記憶，那是你生命潛意識霸道地要求著我的愛欲之需要，這個前提是只有我才能體驗到的……我在試著變得更老一些（而非長大），試著重新回到這個水平，我在努力，看能做到多少。在這個回歸上，一直沒辦法先要求你，只能是我回復到正確的愛你的位置，你才會悄悄地移位，回到比較正確的位置，如果我回復不了，我們就會注定彼此相互失去，連一片眼睫毛都不會留住的。我在與我的命運決一死戰，我只能祈禱你幫我，或暗中助我一臂之力，不再說出、不再做出（或僅僅只是減少一些）傷害我愛你之欲望的言語行爲，不要將我推落懸崖，或不小心挑斷我因愛你而想自我調整的腳筋……

我並不混亂，我內在的衝突也已不大，試著整合我所說所作的言語行爲，你會發現它們並沒有矛盾到如你所想像的。每個人對我的意義都是確定的、我一直明白我要的是什麼，我也仍然有能力及自由去選擇對誰忠誠，去將靈魂給予誰、我也將一直保持如此。我很複雜，卻也很清澈；我的心思很深沉，但我的愛欲卻已純淨、這也是我最美麗，叫我與衆不同，在人群中閃閃發光之處。

【第四書】

四月二十九日

絮：

晚上和白鯨去龐畢度中心看了Angelopoulos（安哲羅浦洛斯）的《喜劇演員之旅》（*Le voyage des comédiens*），一坐坐了四個小時，出來時已經是午夜十二點半，我開心地一直笑一直笑，還蹦蹦跳跳地唱著電影裡希臘手風琴音樂的旋律，太高興太滿足了，兔兔死後第一次和白鯨碰面，她見我高興成這個樣子也覺得我不正常了。

四個小時漫長的電影裡，常有枯燥沉悶的笨拙片段，看起來像是一部政治教條片，卻會間雜一些寧靜、緩慢，美得令我驚異的片段……我專注地看到第三個小時，開始打了第一個哈欠，然後不知怎麼回事，我竟從身體裡笑開了，眞的是笑開了……人生好美哦！特別是我彷彿看見了我未來的人生，它好美啊！"J'arrive pas."——我發現這是最近常從我身體裡飛出來的一句話，我也發現這一句法文好美哦！（我做不到），中文是這樣講的，但這樣一講就太死了，要不就說（我到不了）（我不及格）（我失敗了）……記得亞苑寄給我一塊剪報講「殘缺才好」，林清玄也有一句話使我印象深刻，他引了弘一的話：（我只希望我的事情失敗，因爲事情失敗，不完滿，這才使我發大慚愧，能夠曉得自己的德行欠缺……倘若因成功而得意，那就不得了啦！）

我確實是有嚴重的瑕疵，我的生命尙未長得健全，有重大的殘缺，多像這部電影啊！但長長二十六年人生，充滿了失敗而無能的記憶，幾度想就此逃逸，但是，有什麼關係呢？這二十六年裡的我就是"J'arrive pas."這部電影是Angelopoulos一九七五年所拍的人生第二部長片，距離他人生開始拍電影是第七年。其後，八八年他能拍出《霧中風景》（至此他已經是世界第二名了），九一年可以拍出《鸛鳥踟躕》（因這部片他已成了我的神，無可比較，且塔科夫斯基已死，他卻還活著）。今年，九五年他又推出新片《尤里西斯之注視》（*Le Regard d'Ulysse*）（是今年龐畢度希臘影展一百部片的閉幕片，七月二十二日要首演，我想到可以看就要興奮得發狂）。一個人有超凡美的質素，並不是要等他拍出《鸛鳥踟躕》的時候，我們才懂他、才愛他，而是在十六年前還顯笨拙、失敗的他的身上，我們就看出「某種東西」不變地存在他身上，十六年前和四年前都一樣。我愛他這個藝術家正是因爲我懂得、我看出、我愛他的此種質素，所以白鯨覺得拙劣的這部片子仍然和其他的片子一樣令我滿足、快樂，我沒辦法叫其他人明白愛一部片和愛一個藝術家有什麼不同（別人會誤以爲盲目崇拜），我想我有點瘋，但這部分情感是不可言說的，只有一樣在我的作品裡跟他碰面，跟他致敬了。

他總共還有其他八部片，我一部都不會錯過的，除了閉幕片，其他七部都會趕在五月份看掉，生日前一天還可再看一遍《鸛鳥踟躕》，這眞是令人高興得要一直哼唱手風琴的音樂，我是個瘋子吧？

【第六書】

五月一日

生活一下子變得前所未有的擁擠，太多太多人，且都是我能在乎的人，湧進來塞滿我的胸臆；太多太多我想做的事，也不知怎地，沖進我的新生活裡。我的新生活裡一下子像長滿了奇花異草，想像奔放的燦爛星空……

〔回憶〕

有好多過去我所愛的人重新回到我的生命：小詠將我尋回好好地安置在她的生命裡。我也感覺自己又重回親人的懷抱，第一次感覺他們竟然可以了解、安慰我的痛苦，姊姊在這段期間成了穩定我，支持我的重要的人，我不但變得完全信任她，也告訴她我的生活狀況。三月十三日那天晚上，我哭著說：（姊姊，這些年別人都一直在傷害我，我不行了，我的精神在敗壞，姊姊，姊姊，我好孤單啊，我在爲你們努力活著，可是這次太嚴重了，我恐怕隨時會死，所以我才打電話告訴你。如果我有什麼危險，請你幫我照顧爸爸媽媽。）她泣不成聲地說：（你並不孤單啊，那些人傷害你，拋棄你，你還可以隨時回家啊，你還有我和爸媽。你要是有什麼三長兩短，你叫我怎麼原諒那些人，你叫我怎麼跟爸媽交代，你叫他們怎麼受得了？我只知道我妹妹一直很勇敢，這是她自己所選擇的一條路，她會勇敢地走下去的！）那一通電話之後，她又給我打了幾次電話，免兔死的第三天，她也剛好打電話來，給了我重要的支持。三月十三日我也打了一通電話告訴媽媽我書讀不成了，非休學不可，媽媽竟然溫柔地說好啊，讀不下就回來。三月十五日爸爸打電話來簡短地說，他只要我身心平安，任何事情他都會替我出面解決的，家裡也隨時歡迎我回去。我也重新恢復照顧小妹，我知道這個階段是她正需要我的指引和鼓勵的時候，我從東京打電話給她，沒告訴她什麼，只說我來找小詠，小詠對我很好。她說那很好，還說要給我寄中文鍵盤來。我覺得慚愧，留學法國兩三年，一直沒好好聽她說話，跟她說話，也沒繼續作她那「探索自我的窗口」，使她變得愈來愈沒辦法對自己誠實，使她的生活裡那些人文藝術的部分就此停滯，唯剩科學，我想除了依賴立穎之外，她的靈魂深處是不被了解，空虛的。九二年底她曾經希望我把所有的書放在她那裡，我沒這麼作，這差不多是將大學四年我和她共同擁有的文化記憶給剝奪了，作爲我大學時代主要的文化同伴，這個認來的乾妹妹是要暗自傷心的吧？此後，我竟也不再去給予她營養，不再去照料她的心靈，我以爲她會完全不以爲意，其實不是，她只要我活得較幸福就好，她是接納我的，但卻從不曾對我顯露她深沉「失落」的情愫。我不知道自己這幾年是著了什麼魔，竟然把足夠同時分給好幾個人用的營養，全都「過剩」地集中到同一個人身上！

〔記事〕

在巴黎的生活也開始開花結果，連一直不肯對我開放的恕人，搬家後消失已久，最近也自動出現，並且告訴我他很喜歡我的第一本長篇小說（這是最近第二個這樣告訴我的人，另一個是出版社的編輯，這使我明白到這本書是眞的可以安慰到人），還去找了我更早的短篇作品來看，但是看不下去。我告訴他我正在寫一本更好看的長篇小說，而且要出版另一本短篇集。我說短篇看不下去就不要看，等著以後給他看新長篇。我們也約好這個禮拜五到他的新家去，我期待聽到他的生命，以及他對我長篇小說的看法。我想假以時日，他或可成爲翁翁之後我第二個男孩死黨吧。

〔檔案〕

星期天晚上，輕津帶我去一家叫“le criée ”（叫賣攤）的海鮮餐館吃飯，她問我：

（爲什麼還要給一個不值得你愛的人寫信？）

（或許跟這個人無關，是爲了我自己的愛，輕津，你懂得「結婚」不是一紙證書、一種形式，而是一種對自己的許諾嗎？）

（我懂，我太懂了。可是，你知道這個人沒有一點值得你再愛的嗎？）

（我知道！）

（那她到底能給你什麼？）

（她什麼也不能給我。）

這將是我從東京回來之後最後一次看到輕津。五月十日，她將搭機回台灣看兒女，進行工作，六月底才要回法國，並且搬入她自己名下的公寓。經過好幾個晚上的坦誠交談，我和她已經達到「完全溝通」的水準，一個禮拜前，她給我寄了一封信，我拖到昨天星期天才給她寫了第一封信，輕津對我的示愛已再明顯不過，剩下的是我的回應了。昨晚談到十二點半，我送她回家，在門口我並沒吻她也沒說什麼進一步的話，但是我已知道她是會像玄玄一樣無怨無悔深愛我的一個女人。搭計程車回家的路上，街燈迷濛，我想我在 Strasbourg 許願要一個有能力並且主動來愛我的女人，眞的是出現了，像奇蹟一般！我回想這幾個禮拜來她巧妙的出現，以及我新體驗到的她，我尙不知我能否對她給出「眞愛」，但我確信她是我跌撞多年，第一個足以愛我的女人。我並沒有告訴她我在等她從台北回來，我沒有流露半點她回來之後我可能會改變我和她的關係，我可能會愛她的跡象，因爲我一直在說服她愛欲傾向是不可能突然改變的，表現得如同我是一個光明磊落的朋友一般……我的不動聲色使她以爲是因爲她年齡的關係，使她以爲我之所以愛小詠與絮是因爲年輕女人的 physique（身體）的關係，她受到我太多暗示，誤以爲這是一個絕望不可超越的關鍵；她聽到太多太多關於我對絮徹徹底底愛的言語與情節，她在這「愛的墓碑」之前受到深深的箝制而手足無措……但是我從沒說出眞話，即：她是足以適合於愛我的，而我是可能眞愛她的，年齡與 physique 都不是問題，是我需要時間，需要時間在我的愛欲裡尋找出一個永遠不會傷害她，不會如玄玄所遭遇的那般的位置及可能性。

她不知如果我能愛上她，那未嘗不是我的大幸福，因爲她具有所有我愛過的女人共所欠缺或分別欠缺的所有條件，而可以愛我；她不知站在我的獨特命運上，正是因爲她們共同與分別擁有的那些屬於「年輕女人」的欠缺，使我不幸，而她們所欠缺的似乎也唯有等到了輕津這樣的人生點時，才能補足吧？更何況並非每個女人都能像輕津這樣經歷過完整、豐富的人生，且能脫落一切凡俗的迷障與羈絆，擁有一顆如此自由飛翔，晶瑩剔透，洞穿眞實的心靈……她不知她的這顆「心靈」正是我所需要，正是我在女人身上遍尋不著的，也是一個女人在年輕和 physique 之上更値得被愛的……

她問我會再接受什麼樣的女人，我說第一我能眞的愛，第二無論山崩地裂、天打雷劈就是「要」我「要定」我的女人，其他的都趁早走開，敬謝不敏……她微笑。她在我面前顯得如此卑微，除了年齡和 physique 的心結之外，更由於她如此看重我靈魂及創作天份的價値，她的看重是由於她遍歷人生及他人之後所領悟的價值，所以她對我的了解與欣賞令我心動。然而她不知她無須如此卑微的，我只在信上告訴她：（我要你爲自己驕傲，並且繼續昂然盛開！）但我並沒告訴她如果我能愛她，我會眞正讓她在我的愛裡更體會到她自己的價值，並且燃燒他人不曾使她燃燒的那一部分，而且，我也要讓她知道一個愛她的人不可能不愛她的身體，也不可能因爲她的年齡而拋棄她！想來多麼令我感到疼痛，一個如此的女人竟要被這兩種深深的自卑而烙印而捆鎖！她不相信之於「眞愛」，那些眞的一點都不重要；我非但如此相信著，我也確實在我的「眞愛」裡體驗到如此純粹、無垢的東西。「眞愛」不只是針對特殊對象，更重要的是一種能力，是一個人本身必須具有這種能力的人格啊！

臨別前，我說論文寫完我將獨自到希臘旅行。她要我寫慢一點，等她從台灣回來，帶她一起去，她一直願望著與我一起去歐洲旅行。我說好。我們並且約定等她七月回來一起到 Deauville/Trouville 去度週末；那是她和法國先生曾經度過每個週末的地方，也是我獨自去過兩次的海邊，她在那兒買過一艘二十五萬法郎的大帆船送給先生，她也擁有帆船的駕照，她說到時要教我駕帆船，並且整夜不睡在海灘上夜遊，她將爲我做一名最佳的導遊……然而，她不知，我在等待，等待這兩個月，爲她準備，準備「轉世」的另一個 Zoë 的身分，希望七月給她看到一個抽菸斗，留長頭髮，騎腳踏車，熱衷學小提琴，重新恢復創作小說，並開始按進度寫詩，每天可以關進「辦公室」進行論文，法文慢慢追趕上她，交遊廣闊，個性歡笑開朗瀟灑，俊秀漂亮的 Zoë……她不知我正渴望向她學習生活與工作之道，那是她無論如何都可以帶領我，教導我的……她不知只要我開始試著將我的靈魂給予她，我就能熱愛她的身體，而這才是我不能說出口關於自己最大的秘密……而在 Deauville/Trouville 的夜之海灘上，如果我可以「轉世」成功，她不知我將要吻她……這一切她都不會知道的。

【第七書】

五月二日

絮：

剛剛和室友們一起看了總統大選 Chirac 和 Jospin 的第二回電視辯論，順便幫這一家人做翻譯，我的法文程度剛好可以聽得懂，雖然關於第二個經濟和失業問題的辯論還有些細節聽不懂，但已夠滿足大家對辯論內容的好奇心。我的聽力現在讓我覺得看電視新聞是種莫大的享受，這也是我在法國熬到第三年所付出代價換來的。由於兔兔的事，我進一步地對阿瑩開放且信任她，稍稍改變了我在這裡居住的緊張氣氛。如今阿瑩和我很有話聊，做飯、植物、動物或是購物與美術，未來她還計劃製作小禮物和我一起去擺攤子，她也很照顧我的飲食，所以住在這裡慢慢地有了「家庭」的氣氛。四月底，阿瑩生日，我去買了一個早就看好的古銅色貓型燭台，花店給我配了一根米色蠟燭，又買了一小張貓卡片，一小塊蛋糕，寫了一些小話給她。結果她很高興，我也很高興。我覺得自己愈來愈容易愛到別人，且能量也愈來愈大了。我在巴黎的生活彷彿進入一座繁花盛開的森林，我將能熱愛我在巴黎的這份生活，以及我在這邊一切新的想像，和我所關連的工作，和我所關連的人們，還有巴黎所供應我的這席豐富的饗宴，我也準備繼續在此長成一個完美的，爲我自己所尊敬的成人。

架，我是個藝術家，我所眞正要完成的是去成爲一個偉大的藝術家，（就像我在電視上看到 Chirac 的眼神，我相信他那種領袖的眼神與氣度是自己長期培養出來的，並且他的生命所要到達的那個點，也必定是從他年輕時就一直朝內注視的目標。）我所要做的就是去體驗生命的深度，了解人及生活，並且在我藝術的學習與創作裡表達出這些。我一生中所完成的其他成就都不重要，如果我能有一件創作成品達到我在藝術之路上始終向內注視的那個目標，我才是眞正不虛此生。

架，或許你曾經朦朧或暫時地，明瞭或幫助過我所歸屬的這種藝術命運，但終極來說，藝術文化或藝術之命運，對你來說，是無甚意義的，你自己的成長和生命所提供給你的人與環境，可說是完全與我所熱愛的這些無關。但弔詭的是，你卻又活在某種社會階層，而這個階層正是努力地在消費藝術文化，並且將這些當作打發生命煩悶的重要消遣與階級裝飾。正如早期我曾提及的，我之於你可能就是一種收藏的裝飾。如今，你或許還願意基於這種收藏之心而善意地了解我，但是你的家人朋友卻永遠不可能了解我，了解我對你所付出的，了解我的價值；我與他們完全是兩個不同世界裡的人，所以，請你阻止他們再繼續劫走拆閱我的信，也請你阻止他們繼續在電話裡欺騙我而又表現得若無其事（雖然我已完全不需要再打電話給你了），也請你停止說這些只是「開玩笑」吧。

停止吧，停止這些不公不義的事，停止吧，沒有一個人類應該遭此對待！或許你自認活在一個舒適、寧靜、完美的家庭樂園裡，但是，某種深刻的「虛僞性」是的確存在其中的，也唯有我這個外人才會活生生地遭逢到這些，而你只是無憂無慮地坐在那兒說：沒什麼不公不義啊。我原本與你的家庭成員沒任何關連，我也不須和他們有什麼關連，我更無須對他們置一詞，最後我也沒必要接受他們如此的惡劣對待，但是，是你硬將我拖進這團陷阱的，你叫我不得不與他們接觸，而使他們有機會傷害我，你向來懦弱於爲我爭取什麼，也無能於叫你的家人朋友們明白這些傷害是不該的，而這個月更是精采地與他們聯手，放任我赤裸裸地被人撕咬。在我與你的關係裡，你既然無法使我處在「只須對應你」的境況，你如何能再軟弱地不願保護我，你如何能鄉愿地埋在沙裡認爲一點事都沒有，或說一切都是我不是？從來你都被我保護著，這些不公不義的滋味都輪不到你來嚐，所以你仍可坐在那兒好整以暇地說：這一切都是由於我太「偏激」了。

天知道你這樣說正是最大的不公不義！

其實，你的家人朋友曾經對我表現過的無知傷害，我並不介意，我可以輕易揮去，可以再度微笑，因爲我對他們並無所求，我也不意願他們因我的存在而被傷害，我對他們更無成見，或許我因爲不公的對待而批評了這些對你重要的人，但我說的都是眞話，並且毫無惡意。從來之於你周圍的重要他人，我都是誠惶誠恐地善待他們，我別無選擇，因爲你不能不把他們拉進我們的關係裡，我也不能不去與這些人接觸，使他們也可以接受我待在那裡。我一直恐懼我與他們的關係產生衝突，將使軟弱的你更增加了拋棄我的籌碼與藉口，但是，如今我明瞭，我其實不須如此可悲地擔負著你的軟弱，因爲如此軟弱的現實中的你，並不值得我如此承擔，而我所愛的也並非是你的這一部分。

這個月眞正令我「傷透心」的，不是這些人對我醜陋的對待（人性中的醜惡與不義我並非不曾經歷過），而是你站在這背後，是你放手任他們如此待我，是你和他們心照不宣地達成這樁「封殺」我的默契！若不是你同意如此，我相信沒有人會敵視封殺我到這地步的。你放任你的家人封殺我一事，使我夜夜跌入嘶吼叫喊的噩夢裡，更由於事後你仍佯裝無知與無辜，使我的「自尊心」完全被踐踏碎盡，除了全力控制內心對你的絕大怨恨與自毀欲望，除了爲這「控制」去努力之外，我一點也不屑再對現實中的你提及與此相關的事。不是再禁不起傷害，相反地，你再繼續做更多背叛我的事，你的家人們再繼續對我無理，再繼續拆我的信，更甚是你們一起把我的信丟進垃圾箱或退還給我，或是你再繼續對我述說多少謊言，都一點不會傷害我了。我只要微笑，微笑再微笑，因爲我根本不會再被傷害得更多，我不想在現實上跟你們有何關連，我更無求於你們什麼……我只是寄信給我所愛的靈魂，寄給那個與我靈魂相關，我也允諾過要永遠愛她永遠在她身邊的靈魂罷了。（如果你和你的家人連這些可憐的信都要趕盡殺絕，那我也無話可說，我就不再寄信，過我自己的日子，把你和你的家人都丟進垃圾箱。）我只要相信我所愛的那顆靈魂已經收到我的訊息，知道我心的始終如一，這樣就好了，形體上我已沒有要求。

就任你們繼續做你們高興的事，我只想告訴你有兩件事是我沒必要再繼續承受的。一是（停止。無論你能否勇敢地去阻止，都請停止他人再收走我的信，停止。他們沒有權利侵犯我的內心世界，如果你也不是那個我所要寄信的靈魂、連你也沒有權利窺看我的內在，沒有權利的。）我請求你秉著基本的正義之心，阻止這件事再度發生，你們不願收到這些信，只須說明並退給我、正如你們不歡迎我的電話，只須明說，完全沒有必要大費周章地演出那些人仰馬翻，欺騙的可笑鬧劇。一切只須明說，不須累人累己，還拖你的家人朋友這麼多演員下水，使大家無限厭惡且疲憊不堪，眞的不必如此的。明說或許需要勇氣且傷感情，但是逃避、迂迴曲折、做作、欺騙種種，之於我，這些帶來的是更基本人性的傷害，因爲沒有人活著是願意被他人如此對待的，這是基本的道理，其中並無什麼複雜、高深的大道理，也沒什麼好「不知道」、「不能控制」、「混亂」或「需要時間想清楚」的。

第二件事是你不須再來對我展示有關「背叛」的內容，我相信沒有另外一個人會比我更了解你的過去、現在及未來的內心或欲望。我說不須，不是因爲我不想更進一步了解你，也不是我拒絕與你溝通（相反地，我所信仰的正是我們彼此之間的溝通與了解），更不是我害怕那些東西再來傷害我（不會的，我已在第一書中說得那樣清楚）——而是以上帝之名，你實在沒有權利再在我身上玷污我了，你完全沒有權利再玷污我的！你要玷污你自己，玷污我給你的白璧無瑕的感情，玷污你在我心中美麗純潔的記憶與形象，那是你的自由，你也已經「無可抹殺」地玷污過我一次了，你再無權利來對我展示或述說什麼玷污我這個人的情節言語了。如果你仍要繼續如此，我對天發誓，我再不會打罵你（我已被玷污，完全失去可以打罵你的「純潔性」了），我只會忍耐著你。

我內心有一種直覺，直覺到關於「玷污」，你將會明白我在說什麼。因爲這可能正是你最痛苦，最不敢去面對的一點。我也相信，這是我人生第一次眞正的

「崩潰」。因爲那是我人生第一次被玷污，是眞正一個人的「純潔性」被玷污，並且是以一種最野蠻，最狠暴，最醜陋的方式給姦污，正像一個處女被強暴……所以我徹底崩潰了。雖然我明白透過許多他人的愛，我可以將我自己的身體靈魂修補起來，我也還能繼續純潔地對待人世，但是，我知道我所擁有的是一個被強暴、被玷污過的純潔，無論如何，我都是一個被強暴過的處女……而這也正是我所無法拭去的哀傷啊！

過去我打罵你，正是因爲我內心有著那麼大的恐懼、抗拒、掙扎和不願意的吼聲，不願意你來玷污我啊！而如今我既已被玷污過，你既已痛快地強暴過我，我也就平靜下來，我不再反抗，不再掙扎，我不再大聲呼吼、咒罵、咆哮、求救，我也不再哭泣，我甚至不再欲望在你強暴我的那一刻就立即死去，就立即殺死我自己——以比你更殘暴的方式來殺死我自己，我也無能欲望以任何方式再傷害你這個人，正如《霧中風景》中被拖進卡車裡強暴的小女孩，她從昏迷中醒過來，只是安靜——之後就開始展開，懂得賣淫，知道自己已被迫骯髒，然而也並非眞正覺得自己不純潔，只是哀傷……我是眞正不須打罵你了，我只能忍耐再忍耐你要如此地存在於世界，並設法不讓你繼續在我身上玷污。

從前懵懵懂懂地寫過〈紅蠍〉，是描繪到這一龐大主題的一小截外觀，然而，怎麼樣也沒想到，正是爲自己的「純潔性」預先寫好訃文……也許寫在這兒的這一段落才是〈紅蠍〉的內面世界，如今我也才能眞正爲其中的男孩呼喊出他的痛苦和聲音。創作世界多麼奇妙，相隔四年，我竟經驗到同一主題的「現象與聲音」（Le phénomène et la voix）。關於我在這次崩潰中所體驗到「玷污」的主題，我眞希望可以用一本高度象徵性的長篇小說來表達完全，像安部公房的《他人之臉》，那也正是你所給予我的愛情高潮。如今我明白我的「純潔性」並不僅是在肉體上（或許沒有人能因肉體，或在肉體上玷污我），而是包括更多更多，我的「純潔性」是我的肉體、精神加上整個生命，我並不曾完完整整地將這個白璧無瑕的「純潔性」付給他人，而是付給了你，所以唯有你能玷污我啊，而你也竟然如此做了，所以才眞正將我推進瘋狂與死亡！（想到這裡我仍然不寒而慄。）

（至此，我當然完全明白這一趟人生，我確是選錯了人，大大地錯愛了你這個我選來的女人。）我說過不再怪你，但是我不能不「怪」命運對我做這樣的安排，因爲我無法「怪」自己，我其實沒有「選擇」的餘地，遇到你的那一刻，那命運就掉下來了，一秒鐘也不容我「選擇」，那是屬於命運的主旋律，掉下來就是掉下來，我怎麼樣也逃不掉的（儘管是現在，我都還在這主旋律裡，我仍在爲它譜曲，我仍在面對它），我只是傷心這種「安排」……傷心那年我毅然決然背負了「玷污」玄玄的天大罪惡，傷心這一切我所付出的代價，及玄玄所承受的身心痛苦，如今又加上你也來痛痛快快地玷污我（更是青出於藍吧），兩份無瑕的純潔，竟全都付給你這個人，全都任你這人糟蹋了！我竟將這兩份「純潔性」的意義交給最後我完全無法尊敬的你，而你又是採用一個我一點也無法瞧得起的年輕人來作爲理由踐踏這一切！在這個令他人崩潰的惡意過程裡，不見你的人性光輝，也沒見你表現出對任何人毅然決然之魄力，更不見你對任何事表現過什麼眞正破釜沉舟的擔當，只換來長長過程裡你頭埋沙堆兩腿發抖，以及事後之於這一切鬧劇與混亂的迷茫與逃躲——一切我所背負的罪惡，及我所付出靈肉痛苦的代價，只是換得我自己白白無意義的犧牲啊！我怎能不「怪」命運對我的這種安排呢？

我並沒有要「審判」你，或是給你定罪名。沒有誰可以給誰定罪名的，就像玄玄也不曾對我定過罪名一樣，她能再善待我的方式唯有對我永遠保持沉默，正如充其量我能善待你的方式，也唯有讓你眞正明瞭這陣子以來你在我內心所刻下的「景觀」。

是的，那是一幅巨大的「景觀」。每一個人都只能也必然要爲自己做過的事負責，而且，那負責是獨自在自己內心進行而無關乎他人的，這是我這次明白的。我要很釋然地說：從頭到尾，我確實爲我之於你的愛付出了完完整整的代價，之於我背棄他人選擇愛你的犯罪負起了眞正的責任。至於你的人生，要如何進行你之於這個傷痕的「負責」，那是只關乎你自己內心的事，我除了愛你之外，是永遠不能「審判」你的，唯有你自己才能「審判」你自己。

關於「罪」的主題，我只能告訴你這麼多。

【第八書】

五月四日

〔檔案〕

今天清晨當 Laurence 走的時候，我哭泣不已，我也不明白自己到底在哭泣什麼？這種哭泣我要一輩子記得。我想我確實等不到絮打電話給我，或是寄給我隻字片語的訊息了；自從兔兔死後已經又過一個星期，我仍然沒有她半點正向的回應。我的人生將被完全推進另一階段的旅程了，經過三月十三日而後又走到今天的治煉，我想我對於人生的想像，正在離開這兩、三年來我對絮的想像……

昨晚是第三次去參加那個專屬於女孩子的宴會，也是我第二次進去辦公室參加她們主持行政事務的小組開會，可是每次表決時，因尚未交會費也未成爲會員的關係，我總是不敢舉手表達"Pour ou Contre"（贊成或反對），所以其他成員都會特別看我，但通常是友善地微笑。我跟她們在一起很自在，我也很喜歡，覺得這個中心好像我在巴黎的「歸宿」。雞尾酒會前她們還請了Géneviève來演講，Géneviève是一個我看了就會由衷微笑的老牌女同性戀（同性戀這三個字其實是唯有在政治上才有意義的修辭），而且她也是一個以「同性戀」爲標榜的政治人物和出版家，她的出版社就叫"Géneviève Pastre"，專門出版女「同性戀」及女性性學方面的著作，非常radicale，人非常溫柔且辭鋒俐落，令我感動的一個人。

Laurence是小組裡的幾個領導人之一，講話鏗鏘有力，配合著手勢，還有那隨意削薄的棕色短髮，模樣像極了年少時代第一次到我家裡來的水遙，尤其昨晚Laurence又穿了一件及膝青褐色軍用布的半長褲，身高和水遙、小詠都差不多高，整個疊合上我對水遙的最原始記憶……我一眼就看中她，從前兩次來也都一直偷偷注意她，然而她並沒正眼瞧過我一眼。她開會時常常跑開，看起來冷傲不合群，事實上卻是一個很勇敢的人。第一次會議上，她提議到各大學裡放映一部女「同性戀」電影，並徵求一同前去的人，但沒人願意做這種單獨公開暴露身分的事，於是她就灑脫地說：「好，沒關係，我自己去。」今晚Géneviève演講時，她時而站在遠方冷冷地注視Géneviève，時而消失進了吧台後方的洗手間，我猜她是在洗手間裡和其他小組成員親熱……我想我就是看中她這調調，完全逸出水遙的性格，卻又裝在水遙的外形裡。

晚上九點，燈全被熄掉，工作人員就在演講廳裡的各個角落點起蠟燭，吧台後面開始傳來慢舞的音樂。我慌忙地收拾起大衣、圍巾、帽子和背包準備逃走，因爲我不認識這裡的半個法國女孩，又不敢提起勇氣去邀請任何人跳舞，而成雙成對的女孩將在燭光底下深情擁吻，我很尷尬……Laurence突然走向我：

（Ne partez pas! Vous pourriez danser avec moi? 不要走，你可以和我一起跳舞嗎？）

（Je suis pressée pour voir un ami chinois qui habite prés d'ici. 我趕著要去看住在這附近的一個中國朋友。）

（Il y a rien de pressé. Vous avez l'impression très seule. 沒什麼好匆忙的，您看起來很孤單。）邊說她邊走過來，大方地牽起我的手，走向廳中。

（Parce que j'ai un coeur brisé. 因爲我的心破碎了。）我回答她說。

我很訝異自己竟然有勇氣一開始就信任她，或許是因爲前一晚，我才給絮寫完了那封我遲早會說出口的、關於「玷污」的、內在景觀的信罷。

我到底在哭泣什麼呢？是在哭泣我去東京那一個月小詠以及昨晚 Laurence 所讓我明瞭到的關於我生命的基本道理嗎？它竟然使我此刻萌生強大的抵抗心，

不想把這封信寄出去給架了。蒙馬特的天色已亮，我等會兒不想散步去郵局將信餵進那「當日寄發」的口袋，所以就不完成這封信吧，直接跳到明日的那封信……

〔記事〕

剛剛清晨六點半時，我給自己煮了一包米粉泡麵，加入一小顆法國白菜（就是兔兔吃剩下三顆裡的最後一顆，那可能就是導致兔兔死亡的原因），三分之一鮪魚罐頭，半罐洋菇罐頭，一顆蛋，再倒進昨晚永耀吃剩的「炒碎魚」渣汁，站在廚房裡洗掉魚鍋，又剝了一大顆法國柳橙來吃，邊瀏覽室友放在廚房外邊要賣的舊書。從東京回到巴黎之後，常常到Camira家去吃飯，她是幫助我從消沉中再站起來的一個重要朋友，煮飯時她常貌似權威地說：（Cuisiner c'est l'invention! 做飯啊，就是發明。）然後就把冰箱裡所有莫名其妙的東西加在一起，每次想起她那副可愛模樣，我不禁莞爾，不知不覺中，自己做菜也愈來愈有她那種把莫名其妙東西加在一起的「盲目」傾向，且還會自言自語說：（Cuisiner c'est l'invention!）「朋友」這種東西的「帶源傳染性」眞可怕。

吃掉那鍋「發明」米粉之後，打點整齊，戴上我的小棒球帽，下樓去打電話給小詠，是她那兒的下午兩點左右，時差七個小時。從東京回來三個禮拜，我每個禮拜給她寄一封信，約星期三（或四）給她打一張五十單位的電話卡，連帶地也開始每週六晚間打一張五十單位電話卡回家。這兩方的「人馬」都彷彿重新撿回我一般地受寵若驚，我想自己眞的是在改變……整整三年了，我既沒和小詠相見也吝於給她任何訊息，因爲我們放棄了彼此；而來法國之後也是絕少打電話回家，因我將所有錢都攢下來僅打電話給一個人，僅給一個人寫信，也僅給同一個人寄大大小小的禮物……

打完電話之後有些恍惚，沿著 rue du Mont. Cenis 朝向與 Mairie 相反的方向散步到 Albert Kahn 廣場，再順著下去就是跳蚤市場所在的巴黎最北方 Porte de Clignancourt 了。Montmartre，蒙馬特區清晨最鮮嫩的美，在我爲絮寫這批信

（最後的一批，也許）的這一個星期以來，總算被我採擷，因爲我常在夜盡晨曙時，散步去郵局投信，然後再繞路散步回家……從廣場再轉進 Duhesme 路，站在一家小 Café 窗間的細鏡子前凝視自己，脫下帽子，摘下眼鏡，欣賞自己表情地演唱一首古老的歌……唯有白髮愈來愈盛茂，唯有笑時嘴角兩道皺紋愈來愈活陷……我是美的嗎？我足夠美了嗎？……白鯨四月初看完《鸛鳥踟躕》之後告訴我她的心得，關於馬斯楚安尼（Mastroianni）和珍摩侯（Jean Moreau）兩名男女老牌演員重逢那一幕：突然自請下野的政治家消失多年之後，被一位電視記者發現他默默地隱居在希臘北邊邊界的一個小村落裡。村落裡居住各個國籍的難民，記者帶著政治家的妻子前去辨認那人是否就是消失的政治家。當電視攝影機對準兩人重逢擦身而過的那一瞬間，妻子對著攝影機說：

（C'est pas lui! 不是他！）

白鯨說（C'est pas lui!）是因爲政治家的妻子從前曾告訴過他，若她不再能從眼神裡知道他在想什麼，那麼她也就沒辦法跟那個他做愛了，而在他消失多年後，橋上陌路相逢的這一瞬間，她的確是無法從他的眼神裡了解他的心了。（C'est pas lui!……）多可怕啊？多年後，誰還能從我的眼神裡認出我是我來呢？

（C'est pas lui!）

架有一天也會這樣驚惶叫出嗎？

【第九書】

五月七日

〔Chily〕

Clichy跟兔兔一樣是純白的，它是我和絮及兔兔在巴黎的家。Clichy是十三號地鐵線出巴黎市郊的第一個站名，我們在這裡建築起我們愛情的理想。然而，我失敗了，並且敗得很慘，失去的是全部我對婚姻及愛情夢寐以求的百分之百想像，失去的是一個我夢寐以求的女人，加上「兔兒」——我對她溺愛的象徵及延伸，我們從塞納河的Pont Neuf（新橋）買回來的兔兔。

我原本就喚她「兔兒」，她被我深深地溺愛。

我從不曾也再不可能那樣去溺愛世上另外一個人，這是我整個身身心心再清楚不過的一件事，也是我生命中最幸福的、一個已顯現的謎底。

然而一切都是咎由自取。我使她在 Clichy 不快樂，我不能忍受她在 Clichy 對我的不愛，因她隨時想拋棄我和兔兔離開 Clichy，我變成一隻狂怒之獸，最後陷入瘋狂狀態地傷害她……所以當我送她回台灣後不久，她就迅雷不及掩耳地背棄了獨自回到巴黎的我，立即投向他人，是咎由自取。

因我從不曾也再不可能那樣去傷害世上另外一個人。

這超乎尋常的溺愛與傷害，都注定使我失去她，我既無法減少對她的溺愛，更無法讓自己忍受她對我的拋棄，忍受得再好一點，因爲唯有那樣才能挽救我之於她的傷害。這一切，被拋棄、被背叛的命運，我唯有眼睜睜地束手待斃。我沒有辦法不失敗，我幫不上自己。

在台灣我曾告訴小妹，我寫信給巴黎的五個相關中心，問他們卵子跟卵子以目前的科技可不可能生育，她站在大學的理學院大樓前大笑不已，說她會爲我努力「開發新科技」。在東京我又和小詠提了一遍，她又好氣又好笑地罵我：「你想孩子想瘋了？」是的，從沒想過自己可能生一個孩子的我，確實夢想著生一個長得像絮的女兒，而且是只像她，特別是在Clichy我開始意識到她不再愛我的時候。

我想要一個人類，一個會一輩子不離開我的人類，完全像她的一個人類。我也不明白爲何一定是像她，而不是像任何的另一個人。我想唯有是一個像她的人類我才能愛得那麼好，無論這個人發生任何變化，生老病死，我都能恰如其份地愛她，照顧她，爲她做一切的努力，且持續我的這一輩子。我渴望有一個完全像她的人類會一輩子需要我的愛及照顧。

我能如此溺愛她，不是由於她是最完美的，不是由於她是擁有條件最適合於愛我的；在他人眼中她可能只是一個平凡的年輕女子。是由於她使我的愛欲成熟，是的，是的，這是我一生中無論如何不能對自己抹滅的里程碑。

長長地，我們曾經完美地相愛，我們曾經建立起如我夢寐以求、如我深深欲望過的愛情的結合體，我們確實天衣無縫地身身心心相結合，我們確實一起胼手胝足地實踐過我們對愛情共同的理想，從我留學法國前幾個月認識她，到我在法國中部時，我們確實是愛徹心肺地一起住在愛情的天堂裡……我知道我自己不可能如此完美地去與他人相愛，我也不再可能如我所欲望過的那樣去與他人創造愛情的結合體，並且我明白在我自己的內心裡，更深深地在抗拒著如此的可能：「我不要」。儘管她走了，獨留下我在此，儘管她令我傷心令我毀滅又令我深恨，但我並不覺得自己就不再在這「結合體」裡，不再是這「結合體」，就不再有這「結合體」了……

正是由於如此，整個過程都在使我的愛欲成熟，由於她的具體存在，我體內愛人的最大潛力被釋放出來，愛人的最大能量被打開，且鐫刻地「指名」於她。因她，我愛欲的能量變得太龐大，我的生命形成太開放，所以我能如此地「淨化」（catharsis）她這個生命，我能如此「勝任」愛她這個生命的責任，並且遊刃有餘地，隨時都能感覺到還有更多能量要給她，還要更愛她！

然而一切都是「指名性」的。我明白我不能再那樣覺得另一個人類是如此美，令我能愛她的眼、額、嘴、髮、手、腳、她的面容、她的身體、她的聲音、她的氣味、她行爲的一舉一動、她說話的表情模樣、她穿著的打扮布置、她安排空間的審美性、她和他人相處或和動物在一起時的和諧感、她性格裡最深沉的一種令我悸動的品質、她那和我相通的對生命的悟性與靈性，以及她照料我、聆聽我、給予我、愛我的獨特方式與秉賦，即使是我在最深恨她而打罵她時，我都痛苦地感覺到她之於我是過於——

五月八日

I：

剛剛三十分鐘內我所領悟到的事情可能將成爲我一生中重要的轉捩點。是關於我自身內「性欲」這個龐大主題的一個重要關鍵。但我還沒準備好對架述說。

自從Laurence第一次進入我的身體，我就承受著極盡龐大、幾近要將我自己壓垮的、智性及身體上的負荷，那是自我朦朧夢魘般的年少時代以來就不曾再經受過的，之於智性及身體上雙重的「不可穿透性」（imperméabilité）的痛苦。儘管我已淬礪了高強的自我領悟性，但是，自從那一次之後，我的智性及身體所要求我必須理解經驗的，之於我是太尖銳了……

Ⅱ：

那一陣子姊姊從台灣打電話來告訴我她已寄出我所要的CD，她說最近睡前必須數一陣子佛珠才能讓自己睡得安穩，否則老夢到有人死……打電話給小詠的那個清晨，她說正等著時差要打電話給我，沒想到我自己就乖乖打來了，她說她整晚一直夢到我的棺停在她家門口，可是從頭到尾都看不到我的人……小妹也說今年年初夢見我在她夢裡喊好痛好痛！（那剛好是架在巴黎令我痛到最痛點的時期）……小妹的潛意識總是最準的，她總是在潛意識底層護衛著我的性命，這樣的關連性已持續了六年。而姊姊所夢到死亡的人是和小詠所夢到的相同吧，都是我，她們是自從三月以來最強烈接收到我生命底層求救訊息的兩個人，也是與我的肉身存在最深刻相關的兩個人，一個是我的親手足，一個是從我認識她的第一刻起就感覺她需要我生命的一個人，這樣的內在關係也持續五年多了……是的，姊姊和小詠都是對的。連輕津都接收到我求救的訊息，我從東京回到巴黎的第三天，就神秘性地接到她的電話，她並不曉得這其中的神秘性（我已和她失去三個月的聯絡），那天晚上她帶完全吃不下食物，又任意服用安眠藥的我去吃晚餐，最後我問她爲什麼要來接近我，她微笑說因爲她一直接收到我對她求救的訊號……

求救，是的，我是在求救！從九四年八月我開始明白絮在以一種秘密而殘酷的方式進行對我的背叛以來，我就走進一條死亡的漫長暗巷，我就明白我極可能會死，而三月十三日我與它相貼著薄薄的細膜而共同存在過，去找小詠之前的那十天，它也彷彿隨時可以將我取走，我活在難以形諸文字的對死亡的顫慄深淵裡，眞正是第一次面對到自身生命裡，精神和肉體雙重都被毀滅的，關於「死」的最大「可能性」（相較之下，從前所經驗到的都只是一種死亡的「意願性」，重大車禍時所遭遇的也只是僅關肉體死亡邊緣的一種「可能性」）。直至如今，我也不明白自己是否已走出這「死亡之暗巷」，更早以前，我剛回到巴黎的三月初，我常晚間十點左右到塞納河邊散步，那時我就常在心中看到自己在寫一本小說，名字是：「致我所深愛人們的遺書」，我看到我在給每一個人的遺書中的最後一行寫著：「救我！」

然而，這本遺書中並沒有要留給絮的隻字片語。

我想如今的書寫行爲是最後一場試著寬恕她的努力，如果連這最後寬恕她的努力也失敗，我也不可能活在一個如此深恨她的軀體裡，我必將死，死於一場最後的和解行動，與我的生命，與我最深的愛恨糾結和解，這也是能與她的生命和解的最後方式，而她也終將因我的死亡而自然地回到對生命嚴肅與眞誠的品質裡，在那裡，不再有寬恕的問題，那兒正是我們相愛的根源地。否則，即使我僥倖活著，也只能以最最殘酷的方式將此人徹底放棄，徹底自我生命中抹除，因我愛她太深，而她對生命的不眞誠之於我，之於我的存在，傷害都太深。

這個「寬恕」的主題，關係著救我自己，也關係著救絮。

Ⅲ：

讀到馬庫色（Herbert Marcuse）在《愛欲與文明》裡講的一句話：（愛欲所指的是性欲的量的擴張和質的提高。）我非常傷心……

我的愛欲，之於一個具體對象的要求，似乎是不曾被滿足的。我突然這樣明白，且非常傷心，非常非常傷心……我正是因爲這樣的「不被滿足」而一度地使水遙選擇不要我，而跟另外一個人走；二度地又使立誓要全心全身地滿足我的絮，後來也顧不了我會面臨什麼樣恐怖的災難，而以最悲慘的方式硬生生地背棄我，將性欲及愛欲雙重背叛的命運強塞給我。且這一次更是荒唐可笑啊，我的命運之神不是因爲我不要去愛這兩個人，也不是我因這種「不滿足」而要背棄我所愛的這兩個人，而是因爲我的「不被滿足」如此明白清楚地呈現在她們眼前……哈，我竟是因爲我的「不被滿足」而被拋棄的。我並沒有錯。

或許我是因「不被滿足」而經常地受挫、受苦，甚至短暫地怨怪著絮，但她從沒眞正相信過，她所給我的另一種東西是遠遠地補蓋過我這個「不被滿足」，對我而言更重要……或許我對她發出的聲音太雜亂，以至於我並不曾眞正地使她明白，我最要的是她的「永在性」，且正是她，而不是其他任何一個人。雖然「滿足」他人或「被他人滿足」是重要的，但如今即使出現一個全新的人完全能滿足我且被我滿足，她也不會是我最要的那個「永在性」的人。我對我生命「愛欲」的要求遠遠超乎「滿足」與「被滿足」之上，我要的是生命中能有最終最深的愛欲——是「永恆」。

架，「永恆」是什麼？「永恆」是我們能超越時間空間的限制、生死的隔絕，在生命的互愛裡共同存在（或不存在），這互愛不是封死在我們各自生命體裡的，而是我們彼此互相了解、互相溝通著這份互愛性，無論生死，我們在彼此愛欲的最核心互相流動、互相穿透著……這正是你的「永在性」，加上我之於你的「永在性」。

我想你是不能目睹自己不能完美地滿足我，且我內在對愛欲質與量的要求也無法欺瞞你，因此，從你決定要愛我的那一刻起，你就在承受這種苦與軛，我內在對愛欲質與量的要求慢慢地使你承受不住，而使你從願意徹底給予我、滿足我的藩籬內跳走，開始欲望著他方、欲望著他人，試圖尋求另一個安頓你靈魂和身體的所在……我明瞭你對我愛的深厚性，我也說那或許是我所接收過最深的，但是，因爲不足以承擔起關於我的苦與軛，所以你連帶地取消了我在你愛欲核心的位置，取消了我的「永在性」，或者是說，我的「永在性」根本不曾在你內心發生過。

可是，無論如何，過去你那份愛的深厚性，之於我，它喚起了一份更深的深厚性，深到我既不可能、也不願意取消你之於我的「永在性」。因你的具體出現，使我生命被發展得如此深，深到我與你那個愛的結合體孕育出一個「永在性」的花苞在我身心裡，這是生命賜給我最珍貴的財產、最美麗的幸福。我要終生養著我心裡的這朵花苞，雖然我無法要求你身心裡也跟我長著一樣的花苞，但這花苞卻是我能向我自己生命祈求到最美、最令我渴望的一件禮物，而這個禮物是你所給我的，正因你的愛，我自己的生命才長成這朵花苞，我謝謝你！

你不知我是以這種方式在底層愛著你，因爲如今你在現實中的行爲引起我太多一時消化不完的傷害與痛苦，所以你在現實中接觸到的我都是狂怒與巨恨的火焰，然而，我實在是如此珍養著你給我的花苞，如我珍愛兔兔及其他你所給我的一草一木、一針一線或隻字片語，我要天天爲這花苞澆水、施肥，讓它可以一直隨四季自然花開花謝再花開，讓你在我愛欲的核心一直是活生生、會呼吸、會微笑、會蹦蹦跳跳的……我明白我的生命必然可以做到如此（只要我先克服我的恨），我好幸福！

尤瑟娜（Marquerite Youcenar）在《阿德里安回憶錄》（*La mémoire d'Hadrien*）裡描寫希臘少年寵兒安提諾雨斯爲了愛情理想，在他二十歲前爲淫蕩的羅馬皇帝阿德里安殉死在河底，實踐了他對皇帝永恆之愛的許諾。灰髮皇帝在他的殉身中，眞正地「一輩子在一個人身上做了皇帝」，才懺悟到安提諾雨斯的愛——

一個人太幸福了，歲數大了，就變成盲目、粗鹵。我可曾享有其他如此圓

滿的厚福？安提諾雨斯已魂歸離恨天。在羅馬城內，賽維亞牛斯此時一定認爲我太寵他了，其實我實在愛他愛得不夠多，才沒能讓少年人肯繼續活下去。夏比里亞斯信奉奧非教，認爲自殺是犯罪，強調少年人的死是爲了獻祭；我對自己說，他的死是一種獻身與我的方式，心中因此感到既驚懼又歡喜。可是唯有我一人才能衡量，在溫情深處，醞釀多少的酸澀，在自我犧牲之中，隱藏著多少分的絕望，又有多少恨意夾雜在愛意之中，被我羞辱的少年人丟回給我的，是他忠誠不二的憑據，害怕失去一切的少年人找到了這個方法讓我永遠眷戀他。他果眞希望藉著死亡來保護我的話，一定是覺得他已失寵，才不能體會我失去他，原是給我造成最厲害的傷害。

不僅僅是安提諾雨斯以殉身的方式完成他對阿德里安的永恆之愛；尤琴娜也將《阿德里安回憶錄》獻給和她一起住在大西洋岸「荒山之島」上的四十年愛人格蕾絲·佛立克，一九七五年尤瑟娜將佛立克火化後的骨灰先鋪在她生前經常披戴的披肩裡，之後再包放在一只她所喜愛的印第安編籃中入土，親手埋葬了她的伴侶，也以另一種方式完成了她對佛立克的永恆之愛。

絮，儘管你已拋棄了我，但我要和安提諾雨斯、尤瑟娜一樣美，我對生命太貪婪，唯有如此的美才是生命的桂冠，我就要這頂桂冠，我渴望和他們一樣美，儘管你不願接受我所獻給你的這頂桂冠，但我就是要如此建造自己爲神像，建造自己的生命爲殿堂，以我的方式去完足我永恆之愛的意義——那是獻祭於拋棄我的你的啊！

【第十書】

五月十一日

小詠，姊姊把我要的兩張CD寄到了。五月七日寄發的，今晨快遞郵差就來按鈴親自交給我，我馬上衝到工作枱前寫關於東京的回憶。這兩張CD是我們一起在東京聽過的音樂，我將你在東京使我經驗到的愛的深度偷偷攢存在其中的三首曲子裡。

我還在等我們在東京拍的相片，我幫你拍的，你幫我拍的，還有我們的合照；這份相片對我更重要。你厭惡拍照，是我逼著你去跟朋友借相機的，因我說你可憐，從沒有過我的一張相片，這次我或許就要死了，也許來東京是你生命中最後一次能看到我，我也是特別要來給予你我生命中最後的愛的。如果你就要從此失去我的生命，你所深愛過的這個人，你卻從沒有過一張她的相片，你沒辦法想得起她專屬於你的姿勢、影像，那實在太可憐了，你怎麼能分到我這麼少？並且去到東京的我如此之美……

我還沒收到相片，昨天禮拜三打電話給你，不敢問你寄出沒，因我明白你又將我鎖進你生活的死角了，你不要我寫信、打電話給你，我又感覺到你那強悍抗拒所有人，在內心對所有人大聲說：（我不需要任何人，我自己可以活得很好！）的脾氣又朝著我發射……走出打電話的郵局，我腳軟地站在門口，無助地頭昏眼花，難過你啊！我已變得如此無害於你，我已是你生命中較爲柔軟的一個人了，爲什麼你連我都要抗拒呢？他人既如此傷害你，你又爲什麼要對自己更壞，將自己原可得到的都掃落在地呢？我難過你啊！你眞要叫我再掉頭不回顧你的人生，再三年嗎？正因我了解你，所以我才癱軟無力啊，因我不知怎麼才能使你不要如此倔強地將自己放置在「愛的荒原」上，我不知如何才能不被你的倔強打敗。我知道那對你有多殘酷，我的決然背轉不回顧於你，那三年對你有多殘酷，你外在對我表現出的總是與你內在眞正需要於我的尖銳地相反，尖銳地相反，而過去正是由於我被打敗了，我徹底聽信於你外表對我的排斥、拒絕與冷漠，所以我就此一去不回……

（被放棄比死更痛苦……）你只簡單地這樣告訴過我。

小詠，過去，我一直在虛構你，連你在東京也不再相信我對你的記憶了，笑我說我對你的記憶都是在虛構。然而，小詠，如果我不虛構，你敢看嗎？你敢面對我之於你最狂野的愛欲嗎？你承受得起你所拒絕的是什麼嗎？你眞的敢面對我對你述說全部的眞話，而不僅只是在深澈的悲哀裡等待迎接我的死亡嗎……

我愛你的方式，一直都是任自己被你打敗……

順從於你。不爲自己爭取任何權利。疼你疼你更疼你……

這你明白嗎？你願意明白嗎？

我生命中最精湛處，最深邃處，也唯有你有天賦理解。

如果我都說眞話，小詠，我是不是就要像太宰寫完《人間失格》之後，跳河情死呢？你說要帶我去看太宰死的那條河，那是在我們去近代文學館的時候，我們看到一些太宰居住地的資料照片，也看到日本人在撈太宰屍體的照片，那一瞬間對我眞是最好的暗示。小詠，我會死嗎？我從小一直愛太宰，這也是你知道的，這和我對其他藝術家的愛都不一樣，太宰不夠好，還來不及偉大就死了，還被三島笑「氣弱」，但沒關係，嘲笑就嘲笑，都好，嘲笑他的人更是常被遮蔽在某種腐爛的虛僞性裡，三島就是。我跟太宰是在同一種生命本質裡的。小詠，我希望死前我可以再去東京看到他死去的那條河，上次你來不及帶我去的，帶我去，好嗎？

太宰治最厭惡的就是世人的虛僞性，也可說他是死於世人的虛僞性。他所喜愛的法國詩人阿波里內爾（Guillaume Apollinaire）也是。太宰治常說：世人都在裝模作樣，世人令他恐懼。

一九九五年三月二十四日，我抵達東京成田機場。

二十三日從巴黎戴高樂機場搭乘國泰班機，經十六個小時到香港，再從香港轉機經四個小時到東京。

往香港的飛機上，我坐在窗邊，全身顫抖，窗外氣流也不穩定，機艙裡不時傳來機長要大家安靜坐在位置上安心等候的聲音。我預感著飛機的失事，想自己身上攜帶的死亡氣息太強烈，連搭飛機也使這班乘客籠罩上死亡的氣息，整個航程機身在氣流中掙扎不斷，旅客和機員都面色凝重。我獨自望著機艙外潔白的雲，想像著飛機爆炸，我的身體在這潔白的雲間支解燃燒開來是什麼樣子。我一而再、再而三地向空中小姐點來不同廠牌的啤酒，雖然明知自己絕不可能睡著，但還是希望能減少任何一些，如此一分一秒熾盛地等待著要見到小詠的時光。

我全身顫抖，不是因爲我怕死，相反地，我一點都不怕肉體的死亡，因爲此刻肉體眞正的死亡對我未嘗不是解脫——自從三月十三我的精神崩潰以來，十天內我不能入睡，藉著大量酗酒將身體擊昏，但不規律且短暫的肉體昏沉，也只是使我墜入地獄般的連連噩夢，在嘶吼吶喊中哭醒……精神和肉體雙重的痛苦太深沉太絕對……完全不能進食，勉強自己吃下任何食物馬上吐出，精力全失，彷彿受到超乎有機體所能承受的創傷，內在五臟六腑都被壓碎碾爛，十天裡大部分時間我都關在房間裡喝酒，以此消滅、鎭壓腦裡所爆發出來的驚人的痛苦……我完全不懷疑自己這次必死。僅是躺在床上顫抖，乾嘔，頭痛欲裂，沒人知道三月十三以來，太陽穴附近的腦袋被我發狂撞裂，血流滿我的左耳及髮間……我深深意識到自己的必死性，打了國際電話給媽媽，姊姊，水遙和小詠，除了媽媽外，我誠實地告訴她們這次我會死……掙扎著來日本看小詠，因爲那是我死前兩個心願之一，以自由之身來將我尚未給過小詠的熱情給她……

飛機出發的前一天，我振作起來，去 Camira 的家庭醫生那兒拿了一個月份四十顆安眠藥，醫生很安靜很溫柔，要我躺在檢查床上爲我做一般身體檢查，拉起我衣袖時發現我手上的疤，及腦穴的血跡，他呆了一下，什麼也沒問，我也什麼都沒說，我想他明白我是個有自毀傾向的人，他只是不願意我因旅行日本之故拿更多的安眠藥，只有在我臨走起身向他握手時，他才輕而理解地說：（Trahison？是背叛吧？）關上診療室的門，噙住剛剛差點要落下來的淚珠，一個陌生法國醫生對我痛苦溫柔的熨貼，使我勝受不住。

荒謬的是，自己在與「安眠藥」最相關的領域讀書工作過這麼多年，第一次自己服用它，竟是從一個法國的家庭醫生手裡領過來藥單的。我告訴這個叫Jean-Marc Guerrera 的醫生說我在這個領域待這麼久的結論是：（Je ne crois pas du tout le somnifère. 我一點都不相信安眠藥。）他微笑不語。

最反對安眠藥的我，下定決心去拿安眠藥的原因，並非我想用安眠藥自殺，相反地，我是要藉安眠藥幫助自己不要自殺。一切都是爲了小詠，因我如何也不忍心她再承受第二次我欲望殺死自己的場面與醜陋。

第一次是三月十八日。那是出事後的第五天，我已決定去辦日本的簽證，生命開始有條動線。

禮拜六是老師的課，老師，是我這一年活在法國仰望、指引的一盞燈，是最燦爛最輝煌的一盞藝術、生命之燈。每隔兩個禮拜，才得見她一次，她是我眞正文學的師傅，她是我的大天使，我渴望拖著破敗的身體去「國際哲學院」的演講廳裡，坐在後面遠遠地注視她，汲取她的聲音。那天老師很傷感，很憤怒，很激動地宣布，右派權力上漲，不能「容忍」我們大學裡竟有我們這樣的研究所，發公文要她在三天之內答覆，關於教育部決定要取消我們這個博士研究班十個準備博士和二十個博士候選人的註冊資格……我忍不住笑出來，心想取消資格最好，這樣更可以乾脆地跟著老師寫論文，反正我跟定她了，誰管它法國政府發不發文憑。老師說要發動世界輿論與法國政府抗爭到底，好啊，搞革命，做打游擊的地下研究生更棒，把世界用腳踩翻過來吧！

傍晚有一場老師今年新書發表的簽名會，在 des femmes 出版社。我和冰島同學Irma，義大利同學Monika，法國同學Myriam在咖啡座大聊法國總統大選選情，以及系上與右派政府的保衛戰。之後，從拉丁區的rue des écoles繞長長的路到拉丁區的心臟地帶Odéon，一路下著細細的毛雨，冬末春初交接之際，不冷微涼，充滿學生及人文氣息的拉丁區之黃昏像童話，像情詩，像Klimt的點描裝飾畫，像通往天堂的紅霞……一片覆著藍暈的金黃，這就是我最迷戀巴黎的所在。四個人都沒帶傘，眼見三個女人在前面疾行，我忍不住在雨中大笑，一首又一首地振喉唱起她們聽不懂的中文歌，她們也頻頻回頭對我扮鬼臉、瞪眼、嚷罵、咕噥、傻笑……三個被雨淋濕的金髮、棕髮、褐髮閃著夕陽的光點……覺得她們好美，巴黎好美，生命好美，而我與她們、與巴黎、與生命好親近……我們是四個失去國籍、失去學籍、遠離家鄉、被戀人拋棄的「天堂的小孩」……

（Pour mon oiseau chinois dont j'attends qu'elle m'envoie un message de sa plume.給我的中國小鳥，那隻我等著她寄給我隻字片語訊息的中國小鳥。）

老師低著頭不敢看我，爲我在她的新小說 *La fiancée Juive*（《猶太新娘》）扉頁簽上這句話。

我慌亂地接過書，隔著簽名的桌子，我說要親她一下，她站起來讓我在她左右兩頰各親一下，我害羞地在她耳邊以中文說：（我愛你），再用法文（Je vous aime）告訴她意思（但其實應該是親密人稱的 Je t'aime，我不敢如此告訴她），她給我一張白紙要我寫下中文：（我愛你）。

我蹦蹦跳跳地跳回家，鑽出這站四號線地鐵站 Simplon，走在 rue Jos Oijon 上，黃昏七點或八點，蒙馬特區 Mairie 前的 Jules Joffrin 教堂鐘聲響起，浸透我的身心……我抓出背包裡老師的小說，看清楚她簽了什麼，才明白自己已鬼使神差地將中文的（我愛你）當成她所等待於我的 message（訊息）envoier（寄傳）給她……"message"是她在課堂上常講到的一個關鍵字，也是文學裡關鍵的"métaphor"（隱喻）啊！而這個小小的 transport（傳送）又在對我的生命隱喻著什麼訊息呢？

三月十八日那一整天的內容，太抒情，太愜意，使我失去自我控制。

巴黎的午夜，東京的清晨，我打電話給小詠，告訴她我傷了自己的身體，準備好今晚死，不能再去東京看她。我把她氣死了，因爲我誤以爲她在輕蔑我，便羞辱地匆匆掛掉電話。她加追一通電話來，氣得和我在電話裡吵架，她根本已經不知如何表達感情，只氣著說若我要逼她把學費、生活費和要帶我去看醫生的醫藥費全都花在電話上，那她就這麼做吧！她問我此時此刻她到底能怎麼辦？我深深覺得對不起她，也因爲她的另一句話暗中發誓，無論任何手段，再也不要使她看到我這樣傾危——

（我也知道死了對你或許好一些，可是，你死了就是永遠消失了，就是永遠也看不到你了啊……）

三月二十四日。東京的黃昏，相隔三年，我在成田機場的接機室終於看見她。

黑色短外套，黑色短褶裙，外套裡襯著一件黃色針織毛衣，黑黑得高貴，黃黃得耀眼，梳攏得妥切的長髮，淡妝，紅唇，晶亮的大眼睛，提著一個雅致的黑色皮包。我喜歡她。她確實長大不少。

臨行前，我去剪了一個新短頭，換掉牛仔褲買了全新的裝扮，咖啡色格子大外套，黑條紋灰軟布長褲，白色的棉襯衣，短米背心，加上舊的咖啡球帽及咖啡皮鞋，灰色長圍巾，拖著一件手推箱，背著黑色包包。推箱裡唯有簡單的換洗衣物和書，滿箱的書：Marguerite Youcenar 的傳記，Derrida 的 *La mémoire d'aveugle*（《盲人之記憶》），老師的有聲書 *Préparatifs de noce*（《婚禮的準備》），及許多中文詩……背包裡是日記和安眠藥。我要讓她看到一個最漂亮的我，一個最後永遠的我。

出關，她在人群中沒看見我，我喚她，跳高吻她……

我任她帶著我搭車回東京。快速火車上，她一直跟我說東說西，說沿途的環境，說日本人的壞話，說她最近的生活起居，說她等了我一下午，盯著接機室的電視螢幕看過上千個臉孔找我，找一個她以爲應該穿藍色牛仔褲黑色外套的我，看痛了眼睛，怕錯過我，因爲我告訴她我身上沒錢，英文忘得差不多，又是第一次獨自到東京，不能丟我一個人在成田機場……坐在火車上，她一直說，我微笑靜靜聽著，誰也不敢看誰，直到她突然轉過頭來看我：（接到人眞好。）

她是眞的很高興很高興，而她是絕對不會說她高興的，我都知道。

小詠，如果我都說眞話，用我一百分的能力向你表達我對你的愛，你受得了嗎？你敢看嗎？還是你會笑我，會生氣，還是沉默不語，背過頭去？如果我不再對你隱藏或矯飾，我會褻瀆你嗎？

【第十七書】

五月十八日

在去東京之前，我從不曾明白我活在世界上是可以那樣被愛，被給予的。這樣的經驗如果我不述說，它的意義將不會存在於世界上，因爲世界是不會主動溝通新經驗，不會願意區辨經驗的意義的……

從我五年前認識小詠到現在，我總是苦於無法完全與她溝通，我和她所屬於的是一種我最無能爲力的「斷滅」的關係。她既不要主動地來與我溝通，使我了解她在想什麼，她也總是輕易地傾向於拒絕我所給予她的溝通。

與絮最大的差異，是我感覺不到小詠對我的接受性。絮對我高度的接受性使我和她之間形成長期而緻密的溝通關係，使我愛人的能力被鑿到接近「可全給性」（la disponibilité absolue）的深度。倘若缺少了這樣的被接受性，我的愛就不是活生生的，而像是封固在百年樹脂裡的一匹毛象；小詠正是如此地將我之於她可能會流動下去的愛凍結在樹脂裡。相對的，「接受性」是絮人格裡最突出的性質，即使是在她對我欺騙，背叛，漠然，逃躲的高峰裡，我都能知道她對我的「接受性」，那是來自於對她靈魂某種超越經驗的體會，縱使她的生命消失，我還是會感受到她對我的「接受性」，那是存在於我們之間的奧秘。

〔然而，「接受性」的另一面，是「被動性」。一個人的「被動性」達到極點時，正是完全「懦弱」的極致，絮也正是掉進如此的陷阱裡而深深地傷害我。整整一年的時間，我具體地受著她這種懦弱的傷害，我也因著愛的信念而固執地承擔住她之於愛情的懦弱人格，直至我一身的生命崩潰。然而，她仍以爲轉向另一個人可以逃躲她自己生命的這種懦弱，逃躲對自己對他人的傷害與責任，她不知道這種懦弱是不可僥倖，不可逃躲的，那樣只會造成更多的錯誤，傷害與罪惡。）

這一整年絮或許試著在她「潛意識」之外善待我（「潛意識」裡是無盡的冷酷與傷害啊），但實情是我幾乎是完全不被愛。這是我去了東京之後才痛徹心肺明白的一件眞理。而弔詭的是，若非這個奇特的時機裡，我接觸到全面且恰巧能對我開放的小詠，我可能沒有機會明白她所要給予我的正是我所渴望的被愛、被給予的性質，過去我從不曾想像過，也不懂得要求這種東西，因爲沒有人能以如此的性質給予我，除了我自己給予別人，愛別人以比此更好的品質之外，愛的關係之於我，並，無，其，他。

若非身體，我是不能體驗到她是誰，她是如何在愛著我，我之於她是什麼意義，懂得最核心最重要的她是如何地純潔，脆弱，美麗……

在身體的底層，太美，太絕對，指名向我的一股愛欲之濤流，正是由於三年裡針對我愛欲的指名性在她身體靈魂裡形成，她將這份堅強的愛欲給了垂死邊緣掙扎的我，將我從死亡那邊贖回，重新點燃我對生命的欲望。

我完全諒解她所使我受的苦，我也將諒解這五年或這一輩子要有的「斷滅」，唯有更愛她，更疼她，更無條件接納她的一切，因爲我終於「知道」她是如此美好，封固在她體內對我的愛欲是如此美好，更美好的是我之於她的生命是一種確定的意義，一個被給定的名字，一個被生殖出來活蹦亂跳的寶寶，一道被緘封的愛欲之泉，唯她有此能力，正因如此，她活著就在愛到我，無論她要以什麼形貌展開她的人生或對我呈現她的愛欲……

我總是只知道自己有能力如此，只知道自己愛欲的形貌與意義，而從不能遇見有相同能力的人，或是我所愛過的人從未有能力給予出這種被知道或自知（唯有自知自己的愛欲後才能被對方知道），小詠終於給予我這種「知道」了，這對我而言未嘗不是拯救。除了我知道自己愛欲的幸福之外，他人所能給予我的最大幸福莫過於此。

關於東京的回憶，是櫻花，是黃昏的夕陽，是早晨她窗戶的光，是烏鴉的啼聲，是雨夜裡的暗屋巷景，是她情愫甚深的，臉……

【第五書】

五月十九日

絮：

這一封信或許不屬於作品的一部分，因爲寫到第十書的時候，這本作品已經形成它自己的生命，它有它自己的風格、命題和審美性，完整的一本書的材料及剪裁已在我腦子裡，寫到接近二分之一，文字風格也自然而然地決定了。但是，我卻已經沒辦法單純地在作品裡跟你說話了，作品內容比我所想直接跟你說的更深，密度更高、更美，而且似乎要等我整本寫完，你才會知道它的美與價值。它不會是一部偉大的作品，但卻會是一個年輕人在生命某個「很小的部門」上深邃、高密度的挖掘，一部很純粹的作品。

然而，我也必須跟你說話，除了創作作品之外，我必須跟你說話，我有太多話想跟你說，不能跟你說話，我會殘廢。答應我一輩子都讓我來跟你說話，一輩子都不要不接受我來跟你說話，我不知道你可以活幾年，但是，只要你活著就請接受我必須跟你說話，我要珍惜全部你的生命，在存活著的時候愛你。

我想你是誤解我的，你以爲我沒辦法給予你溫柔靜謐的愛的品質，你以爲我天性的狂烈熱情必然與這些品質相衝突，可是，只要好好的相愛，這兩方面是可以相融得比什麼都好的。絮，你誤解我的生命了，你也誤解我們整個關係的生命，你太低估我，也太低估我們關係的潛在生命，所以你才要放棄我，放棄我們的關係，放棄那麼多，放棄到連我這條生命都被你放棄掉了。不過，經過這個徹底放棄的過程，也許它會讓你眞正明白我之於你的意義，慢慢地你也會更明白你放棄得了具體的我，放棄得了我的生命，但是，你是放棄不了我之於你的意義的，還有我們的關係。即使我死了，你還是會在這個關係裡，你的身體哪裡都可以去，然而你的精神哪裡也去不了。這個道理，我過去並不明白，也不可能明白，但是經過這麼嚴重的死亡，我已完全都明白，都知道，關於你，關於我，我甚至看到我們整個關係，你相信嗎？就是因爲我在我的內在知道（而不只是相信）這些，所以當我自己再站起來後，我能告訴你：你是不死的。這並非基於我的傲慢來說「我知道」，而是我變得更低，對自我更謙卑，對你更臣服。

所有你覺得該放棄我的種種理由，還有你對我們關係的結論，可能都是片面的，你雖然還看到整棵樹，但你只是從樹幹上切下了一小輪。你現在還不知道「你愛我」到底是什麼，其實你是深愛我的，但是，三年來你並未走到「知道」它是什麼的點，總有一天，你會知道，起碼當你遭遇到自己的死亡，或遭遇到我的死亡的時候，你會「知道」的。我所說的「知道」意謂：在那個點你就可以承擔起我之於你的全部愛及我的整個生命，而且將完全地進入那個承擔裡，而不再覺得它重。一切的過程都是必需的，沒有哪一項、哪一段是浪費、不必要的；一切的過程在我們之間都很美，Osho這麼說，我如今也這樣以爲。

或許你決定要徹底背離我，交還我所給予你的愛，你不要我再來跟你說話，不准許我再來愛你，那麼，那就是我們必須在現實裡「分離」，眞的，我們只能完完全全在一起或完完全全分開，否則你確實會一直傷害我，而我也會因這傷害而傷害你，因爲這是屬於我們之間非常基本的愛情道理。我從一開始就告訴你，你不能用錯誤、不適合的方式去演奏一把琴，否則它就是會被摔傷、摔裂。你的生活裡只能全心全意地愛我，或完完全全與我無關地去愛其他什麼人（或什麼也不去愛），不能是兩者都要，不能是介於兩者，這不是我所規定，更不是我在對你下命令，限定你的人生，而是我了解我自己的性質，我的性質之於你 直都是如此，那是一種再淸楚不過的事實。然而，你執意要以不適合我的方式演奏我，它並沒阻止我發出愛你的聲音，只是聲音變得淒厲、裂耳罷了；我也完全無法抵抗你要如此演奏我，只是你看到的我，眞的就是被摔傷、摔裂了……

我一直在忍耐你對我的傷害，此刻都還必須忍耐，忍耐到被摔裂，粉身碎骨，再把自己修好，然後再回到這個位置上來忍耐這一切。這些日子以來，你的不能「全心全意」，之於我們整個關係其實算不了什麼，我被摔傷摔裂也都不算什麼，如果這些能幫助你多知道一點「你愛我」的眞實，多幫助你走向（而非「走回」）眞正的全心全意，那也好。未來，若你還要繼續用我所不意願，所不適合的方式對待我，我只會一直活在一個持續受傷害的身體裡，我也會一直忍耐再忍耐，直到我不能再忍耐爲止。

我無法使你以正確的方式待我，但我必須明確地告訴你這些性質，這些相愛的道理。唯有完完全全地愛著我，或勇敢地來告訴我，說你要跟我完全分離，你不要再接受我的愛，並且禁止我再給予你愛，你要退還我的愛，勇敢地來跟我說清楚，然後，我們必須徹底做到在現實裡完全分開。唯有這兩者才是對待我的正確方式，其他都不是，都會使我受著傷害，都會使我沒辦法喜歡你，尊敬你。你要明白，只要你能在你的內在達到「眞誠」，無論我們是長相廝守或永遠分離，你是不會眞正傷害到我的，儘管生命相分離，我們也只會相愛得更深。至於更高層的「愛」的問題是不須再說的，是的，即便未來要再發生任何事，我們確實是相愛的（你也已經相同地回答過我），只是我知道自己是屬於你的，而你還不知道你也是屬於我的，差別在此。然而，在我們出生之前，在我們死亡之後，無際之外的交會點，我們是相屬的。我們在這一世裡必須一點一滴地去「知道」這件事，無論透過任何方式，經過任何路途。

絮，我最愛的絮，如何我才能讓你明白我所體驗到的，關於我們「愛的整棵樹」是什麼樣子！絮，請聽到我說，你是我的生命，是我的全部，我是屬於你的，過去，現在，未來，永遠永遠都是。「屬於」這兩個字是早已銘刻在那裡的，只是過去我不知道這個動詞，也不知道原來是你，眞的，過去我所明白的與「屬於」相差很遠，並不是因爲任何緣故，也不是因爲你是什麼樣的人，更不可能是因爲你愛我多寡，只是因爲「屬於」，是完全無可比較，無可選擇的。「愛你」之於我是一種壓倒性的命運，雖然你不能長得和我一樣快，以致使我受苦受傷，但確實就是你，人神鬼都可以知道的，我確實就是屬於我的絮，我的生命就此被繡緘起來，我也準備好要接受這樣的命運。

雖然有時我確實是感嘆老天派給我一個速度差異頗大的人去「屬於」，有時我也確實深恨著你在現實中對我的種種作爲與態度；這段期間內，我感覺到不被愛與不幸，幾度你待我如仇敵，幾度我覺得你無情無義，這些全是其來有自的故事，全是眞正的情緒。我無法說現在的你令我喜歡，我無法說這一年內的你值得上我的愛，然而，我並不認爲整個的你眞就如此。爲什麼呢，因爲我了解你的生命，我了解你在你成長史中所在的位置，以及當下那個位置的優渥與缺失，我也了解你是如何被我的狂暴變得如此的，所以，我並不認爲這些深恨與不喜歡不可化解，也不會就此決定或截斷了你整個人之於我的意義。我也不認爲你會一直如此，相反地，我相信你會愈長愈好，甚至比以前完全愛我的你都好，我就是相信如此。更重要的是，當我被你丟棄、踐踏瀕死之際，我也剛好明白，我對你的愛並非一種疾病，並非因爲需要依賴你，更非因爲你身上能給予我什麼東西，也非因爲我有特別偉大之處，而是因爲超乎這一切之上的某種命運。我不知道這命運什麼時候才會被你體驗到，但我相信總有一天一定會的！我自己就在這種命運裡，值不值得已經不是重點，有其他人較你更善更美也改變不了什麼，即令你再來傷害我更多，你之於我的意義也是一樣的：我屬於你。

如今我自己由於怨恨變得醜陋不堪，也由於你不愛我傷害我而待你如仇敵。我告訴自己必須先化解心中的仇恨，或是試著引你來化解它們，使我能再純美地對待你，否則，沒有辦法使你變回應存的美與善；如同要把你臉上的污泥擦去，才能使你對我流露出你本來的面目。

當你決意要對我顯得愈來愈庸俗，以至於我完全無法喜歡你這個人，或是你要更嚴重地傷害我的時候，我並非沒有意志，沒有自由可以選擇離開的道路，相反地，我愈知道你對我的意義，我愈有意志，愈有自由可以走遠，遠離你的傷害，遠離你的不是，因爲愛不僅僅是需要而已，更重要的是要來愛你，以及使你明白我的本性。

遠離，我仍然是屬於你的，我一直都會在同樣一個愛你的位置，不會有別人進來或取代什麼。遠離，不是放棄你，只是無法再接受你以我不願意、不適合的方式來對待我，不願意待在一個一點都不美麗，一點都不符合我本性的關係裡，也要叫你眞正地知道自己的不對。我不會縱容你的不誠實與不對，是不對我就會以某種方式讓你知道。然而，我也仍然願望著你不要離開我，讓我可以一直愛你，讓你可以一直在我的愛底下，和我共同成長到適合永遠相愛，也願望著自己不要因爲受不了而離開……我已失去了你，不會再失去更多了，即使你去結婚生子或死亡，我眞的都不會再失去更多了，你能了解嗎？

生命的憂傷怎麼說也說不盡，唯有在藝術創作裡才能表達得比較好……我爲你感到憂傷，爲其他我愛過的人感到憂傷，更爲自己感到憂傷，而這樣的憂傷是無法與現在的你分擔的，因而我也更憂傷過去我一直都在與你一起分享、分擔生命中的這種憂傷。是的，過去無論好壞的時候，我們總是一起分享我們生命裡的煩憂、挫折、痛苦、美麗、新經驗、新發現，以及我們對彼此的思念、渴望、愛、疼惜與呵護；是的，絮，我最深最美的愛戀，儘管過去你有時不能完全了解我的感受，儘管我也總是挫折你對我的理解，輕易地否定你的生命經驗，但過去兩年八個月，我們確實是結合成一個共同分享分擔的生命結合體，這個結合體是任何人無法取代你、取代我，這個結合體是我死也不肯放棄的，這個結合體就是我們的愛。我憂傷你放棄了這個結合體，我憂傷現在的你不再願意與我分享分擔我們的生命，我憂傷，無限憂傷啊……

PS：找到誤以爲寄失的第五個信封了，就把第十書的內容裝進這第五書的信封吧。

【第十一書】

五月二十日

架：

我的靈魂好寂寞，那樣的寂寞是寂寞到我不願對你表達的，因爲我沒辦法對一個拋棄我的靈魂，拋棄我的生命，將我的生命置於死境而毫不在乎，無感痲木於我所遭受的傷害與災難，且又惡意將我放逐在國外的一個人，我沒辦法對這樣一個人述說我最深沉的寂寞，我已經能夠少恨你一些了，只是深深地寂寞。

我試著在我心中化解你之於我衝突得極尖銳的愛恨的兩重性，我獨自默默努力著，沒有任何支援。你傷害、欺騙我的一切表現似乎在減緩下來，然而我也無從了解你，信任你。你愈來愈習慣於消極，愈來愈自在於躲藏在沉默裡，即使是一句話的努力，或任何幫助我化解傷害的嘗試，對你來說，都變得困難，任我去死就是之於你最自然的「速度」與「平靜」。我永遠都不能明白為何你能變得如此冷漠無情，似乎你還認為你的冷漠無情是自然，是理直氣壯的，你甚至不准許我回到自己的國土以免妨礙你的生活，以免「受傷害」。原諒我這麼說。

我常在想自己還有勇氣叫「悲劇性」再發生嗎？輕津說人生充滿 Rupture（斷裂），就是如此，然而一定得如此嗎？我生命中所愛過的人都曾經很粗魯，很愚蠢地對待過我，年少時代我也曾經很粗魯，很愚蠢地對待過他人，然而，我不明白，為什麼人一定要對自己所愛的人如此粗魯，如此愚蠢？人難道不能透過更多的內省，更充分地了解自己及生命，而能不再如此傷害自己所愛的人嗎？我相信是可以的。就是因為彼此間有粗魯，有愚蠢，人生的「悲劇性」才會不斷地再發生，人生才會充滿 Rupture。然而我想我自己的人生這樣是不對的……我的人生應該劃下休止符，不要再增加任何悲劇性與 Rupture，且該去化解過去所有的 Rupture 與悲劇性，減少自己生命的悲傷與寂寞，減少我自己的 baggage 才是。

架，我摯愛的絮，至此我已明白該如何去對待與我生命相關的人，過去或現在相關，關於所有的人我都明白了，這個明白的過程好漫長，花了我整整十年關上又打開的過程，未來要再遇到的人也都可以清楚地放到這個架構上。三年了，關於我自身的錯誤，我內在性質的缺陷，或是我該正確對待你的方式，這次也總算讓我對自己清算清楚，我希望這次的清算痕跡能將未來所有我們之間的情節先編織進去……我一下明白這麼多道理，我會早夭嗎？

我渴望和你恢復以往的「親密感」。我不斷自問這整個過程我們是如何失去「親密感」的……

是自我移居 Foyer，我們的互相了解不再那麼全面、徹底之後開始出問題的吧。我在巴黎過著挫敗不堪的生活，對自己的生命，及我們能否在一起這件事失去信心（我重看我在Foyer給你寫的告別信，可憐復可憐的愛情啊），我在強烈渴望立刻與你生活在一起，或是離開你以終止這種渴望的兩極間搖擺，使你既受挫又不知該如何面對這樣的我，而我既傷心你不明瞭我的眞實情況，更因你遲遲不願做出決定而更無以爲繼。當時在Foyer確實是無助得很，覺得自己無法再繼續這種渴望而孤單的等待生涯……記得四月跑回去看你再回來，對你失望透頂，覺得你不愛我，工作家庭種種種種的你的現實都比我重要，我經著那樣的生涯，你的假期甚至都還不願到巴黎來看我，說要來巴黎看我都是說說而已（這倒眞的是一種長期的傳統……）當時這些感受背後的認知，到目前爲止，竟然一直是對的……但起碼那時你還願意說來看我，如今卻巴不得我不要回去打擾你……當時我在巴黎的資源有限，沒有今天足夠多的朋友、足夠流利的法文可以使自己的生活少孤單些、少挫折些，之於那種獨自等待、思念、渴望你的生活實在是彈盡糧絕、無以爲繼啊，唯有決定斬斷一途，其實只是不得不逃開對你絕望的渴求罷了……

然而逃不開啊，它像腳鐐一樣，銬住我這隻大猩猩，拚死命要衝出去，頭破血流還是出不去，所以痛苦的熔漿噴湧出來，把我們之間一切的「親密感」都燒熔了。你既來不及想清楚自己要的是什麼，也不及知道怎麼對待我之前，我該死的「憤怒」已把一切你對我嬰兒般的「信任」都毀掉了。然後是漫長直到現在且愈來愈不動搖的你對我的「冷漠」，我相信你也是恨我的，只是你表現傷害與恨的方式便是「冷漠」。說到這裡便是重點啦，你之於我的 eros（愛欲）在此開始分裂衝突得厲害了，有關愛的部分是繼續在生活裡給予我、照料我，但恨的部分表現爲漠然、封閉與拒絕……因而我的「愛欲」也跟著錯亂起來，我的痛苦也更劇烈了，得不到你的愛欲的我的確是瘋了，瘋得厲害，我眞是瘋到登峰造極了（笑）……爲什麼笑你知道嗎？因爲我對於你眞是一種 fatal，致命的熱情，致死的熱情啊（所以最後除了死或無條件臣服於你，永恆地隸屬於你之外，別無他法）（「愛欲」最後的規則就是如此，「性欲」——「愛欲」——「死欲」三者最強的時候是一致的）。我原本熱情，加上你對我而言是致死的人物，所以死路難逃，想起來還是很痛苦啊，「得不到你的愛欲」這幾個字就足以使我心碎，眞是心碎（而不是被傷害）……我接受你的給予與照料，卻也不斷錯亂地感覺到在你的核心裡我並不被愛；我一面給予你更強的愛欲，一面卻又不斷地質疑你、否定你、壓迫你，且自己也生著匱乏的病，直到你所潛藏的那部分敵意開始外轉爲傷害我的行爲，自私、不忠或不斷地述說離開及不愛的訊息，更是最極端的漠然與敵意。至此我已完全轉成一個攻擊與破壞的狙擊手，互爲仇敵的關係已然建立，你我人格中最負向的質素都毫無節制地被推到極端，可悲的是我們彼此都停止不了這種極端化，且還努力要去「善待」（或「愛」）對方……

經過這麼多事，我必須痛徹心肺地說，有兩件對我意義最深的事，也是我最痛得說不出口的事：一是當我第一次動手打了你的時候，我內心已明白我完全失去你了，我在內心哭泣得很厲害，潛在地明白我已挽回不了你，我開始活在被恐懼被噩夢所折磨的日子裡，恐懼失去你，恐懼被你拋棄，噩夢裡的內容全都是關於你不忠的情節，難以扼止地打你，也用更殘暴的方式殺死自己……直到現在我仍未完全擺脫這些使我哭喊而醒的夢。第二件事是在巴黎的這段日子，你幾乎是完全在「性」上抗拒我的，可說你一點都不欲望我，一點都不喜歡和我做愛，這近一個月來，我才有辦法面對這點，才能明白這點，經常想起來就莫名大哭……沒有辦法面對我們的關係竟被我們弄得糟糕成那樣，叫我痛得不想說出口，叫我痛得一靠近 Clichy 的記憶就像觸電般地跳開，太痛太痛了……

原本我決定就此相忘，自己要完全改變一重人格去活著，做完全與我原有特質不相同的另一個人，那對我來說突然變得容易，完全是可想像的，而過去長在我身上那些甩不掉、掩飾不了的特性似乎也可以輕易地就脫落了……

從東京回來之後，我慢慢感覺到我「性欲」的性質在改變，這個變化對我太神奇也太私密了，像地殼變動一般使我有點不知道該怎麼辦，我甚至不是很清楚是哪些原因導致如此：我感覺到我「在變成一個『女人』（一個庸俗般的「女人」的定義），或可能變成一個『女人』」。月經變得非常規律，有一天清晨夢到你，驚醒的第一秒，直覺到月經來了，果然是，且是最準時的那一天，我眞感覺到某種神秘的關連。我也在夢中看到自己留一頭長髮「女性化」的樣子，我也預感到自己在愛美，臉龐在變美（「女性」的美麗）。有一天，輕津注視著我的臉告訴我我長得很美，且是那種男女兩性都會吸引的美，我的確意識到自己的臉及動作線條都在「女性化」。我的性欲也開始變得具有「接受性」，我仍然在幻想你，但是比起從前一直愛你給予你的方式，現在我似乎更想要你愛我給予我……我也覺得自己已經可以跟男人發生性關係（如果要有純粹性關係的話），或是說開始以爲一個溫柔眞誠的男人（像博士班 Eric 那麼「純粹」品質的男人）可以跟我有完美的性關係。一段時間裡，種種可能性多到我受不了的地步……我怕得很厲害，怕這之間只要有一個眞如 Eric 那樣智性與靈魂的男人，掉到我身邊，我就會去吸引他，然後去「變成一個徹底的『女人』」，那是完全可能的，變化後的我也完全做得到。我怕得厲害，因爲那是一個可以徹底使我從對你的性與愛欲裡逃開的方式，最完美的方式。我怕那種誘惑，它不是「性」或「背叛你」的誘惑，而是那種「離開你」的誘惑，那種想要無聲無息地自你生命中永遠消失的誘惑，一種永遠「取消」自己，使你永遠再也「找不到」我的誘惑（我似乎總是在尋求某種「絕對」的方式來愛你或被你所愛）。

我想從某種相關於你的「性欲」的絕望與挫折中逃離是很可怕的關鍵，我想這是我死亡的核心，我遲早會因這件事死或再死一次。我很恐懼這件並未眞正結束的絕望與挫折，我很恐懼我還要因爲這個東西再死，那對我是非常曖昧難言的痛苦。小詠在東京一句話就說中了，她很快地明白這次是一種什麼樣的關係使我掉到死亡裡，我猜她在台北看到你的照片時就明白你之於我是什麼了，她可能明白得比我更多更快，她在東京只說你還不能懂得我對你的這種激情是什麼，當然輕率之間就會把我弄死，我想她是非常希望我放棄你以平安活著的吧？

「性欲」，或說是「性欲」的發展，在愛情關係裡佔著很神秘很關鍵的位置。過去我和水遙、小詠的關係都是我以爲她們無法欲望我，所以才有那麼大的扞格在其中。我一直認爲之於她們是性欲在帶動全盤的愛欲且決定一切。從前水遙明白地拒絕我，所以我傷心地走開了。小詠則是曖昧地接受我，但她的態度卻總像是她需要的只是男人的身體，可是她也未曾表明，直到今年的一封信裡她說她明白「男性」在她體內是什麼意義，我整整哭了一天，因爲那算是證實了她是如我所想的樣子，而過去我也是因爲這種「男人vs.女人」身體的問題而完全封閉了我對她的性欲。

然而，事實並不是如我所想的那樣，而且剛好相反。小詠後來才有機會告訴我她所謂的「男性」是什麼。原來那並非是生理上的，而是一種人格、意志、靈魂上的「男性」，而這「男性」說的正是我，正是因爲只有我和她所愛的那個人身上這種「男性」夠強，她才能欲望，也鎖住了她對其他人的欲望。這是花了她三年才明白的事，她對我的愛在她身體裡經過三年的成熟才使她完全明白這個道理。結果我和她在愛與性上是和諧，對等且均質的，她熱情的程度也是我一直需要的，我想這次正是因爲她給予我的愛與性我才活起來的。

水遙則是終於開口說出「我最需要知道的事」，因爲我要她一定告訴我當年爲何不願選擇我。確實是因爲性。她說我逃跑的那個暑假，她懂得我怕的是「性」，突然間一切都全懂了，然後她每天都很想我，直到有一天晚上陰部莫名地流血了，那晚之後她說她很恨我……然後就變成那樣，她完全拒絕我。當她開口告訴我這件對她意義重大的事時，我相信之於她這個第一次性的罪惡或不潔感已經被她面對了，而那種女人被第一個愛人奪走貞操的恨是很典型地出現在我們的故事裡，我就這樣被犧牲掉了，再回到她眼前的時候，我看著她與她的新情人建立了完滿的性關係，然而我相信我之於她一直都是最深最純眞最專注最毫無保留的愛戀對象，而且現在的她是可以與我有關係的，但是我並不想介入她的生活，也不會再跟她有什麼密切聯繫，因爲現在的我無論如何都是無法與她並立，且足夠愛她的，她更適合的是別人，我會當她是遠方的朋友。

在我幾次與女人的戀愛關係裡，原來「性」本身對我一直都不是問題，我一直渴望女人的身體，需要與我所愛的人做愛。自年少光陰與水遙在一起，我想我就是個不折不扣愛女人的人，我對她的性欲很明顯，那時我也只渴望女人的身體，我是Positive得不得了的愛女人的吧，且隨著年齡漸增，我的熱情更Positive更強，這才可觀。小詠說得沒錯，我有很強的「男性」，且我是天生熱愛女人的，所以與我相愛的女人根本就不需要已有先愛女人的性傾向，只要對身體器官沒成見，能與我在愛與性上相愛都是自然的。因爲在性愛關係中，眞正重要而可激烈穩固持續下去的是熱情之Positive（陽）—Passive（陰）的搭配。我最渴望的都是最陰柔最Passive的女人，我不認爲我對女人的性欲與結合和「男人」在渴望「女人」時有太大差別。

我想眞正的激情裡性與愛是一體的吧。我很慶幸在水遙之後遇見你，對於一個性與愛的能力都眞正成熟的我而言，你確是我渴望得要死的女人，那眞是壓倒性的欲望。最Positive的生命被一個第一秒就攫住她的Passive的生命所熱烈吸引，之後這狂熱就持續地燃燒到第三年，包括生活在巴黎的七個月，我都是分分秒秒渴望你至極的，它並非短暫如曇花般的激情，我只能跟你有婚姻，只能屬於你，否則我絕不可能對任何人忠誠，因爲我的熱情太強，若非有一個你在那裡，我會很容易厭倦一個人、不滿足而過著放縱的生活。是的，再也不會有一個人能使我的性與愛集中純粹成這樣的。

說來弔詭，最需要縱欲的人也往往最能禁欲，和尚和唐璜最可能是同一個人。我只能爲你一個人守貞，完完全全地給予你，爲你保留在那兒，那是我愛你的方式，我需要那麼深、那麼徹底地去愛你。我不知道如何才能使你明白，我對你的渴望是超出被愛的滿足或性的滿足之上的，我渴望的更是整個生命，整個性靈的相結合，我所渴望的更多：（找到一個人，然後對他絕對。）這句話是我過去寫在信裡的話，現在更清楚了，我所要的更是如此。

在這裡，你確實是不渴望我的身體，不喜歡跟我做愛，也許你會說我對你一直都太Heavy了，在巴黎你更是吃不消我吧，因為我眞是要你做二十四小時的情人。關於「熱情」的表達與需索，我們之間的類型差異是使你沒辦法跟我生活在一起的主要原因，想到這點現在我已經能夠微笑了，小詠說得更有趣：總之，你就是把人家用盡了，人家才要跑掉。應是十之八九吧。我熱情的強度與表達有時連小詠也要受不了，她已經是熱情的人，可是她也說雖然我沒在她面前表現出來，但她就是能夠感覺到我體內熱情的需索太強，連她都覺得壓力大。唉，她說的正是我的問題，也是我把你逼走的重點啊。你常說我太沉重了，你說你要的是清淡的關係。常常想到這點就很恨自己，恨透了自己原來的特質，恨自己太強的熱情，太強的Positive，恨自己太渴望太需要你，恨自己對你太強的佔有欲，恨自己太「男性」（也是這個恨在逼著我「女性化」吧），恨自己因為熱情而容易生病又容易自毀，恨自己太容易痛苦，恨自己對你過度的需索使你緊張使你窒息使你受壓迫……恨這一切特質使你不喜歡我，受不了我，不願意與我親近，使我們之間喪失了親密感，使你拋棄我，背叛我，使你連看我一眼都不願意。當你在電話裡喊著（我沒辦法跟你生活在一起）時，我的眼淚滾了出來……若說恨，我最恨的人其實是我自己！

PS：過去三年的美好與傷害，我確實是沒勇氣去面對所有的細節（小說的主要情節），美好太美好，傷害太殘酷了。昨天又看一遍《霧中風景》，小男孩看見一匹驢子死了，哇哇地跪在銀幕正中央哭得好傷心，我也哭得好傷心，覺得自己就是那個小男孩，我眞是變成一個會爲動物之死哭得那樣傷心的，純潔的孩童……和白鯨一起走在散場後的絢爛巴黎夜風中，她說電影好美，可以今夜就死去，我說此刻有個人在身旁懂得電影好美可以死去，今夜眞的可以死去……電影是如此，生命是如此，愛情更是如此，是不是？

把這十一書收進抽屜吧，細節我面、對、不、了。能挖掘的，必須使你明瞭的「感覺」，我已經寫出極限了。關於我們的愛情，來年，我們寫更完美的小說，材料先存起來，好嗎？不再寄給你了。J'ARRIVE PAS！

【第十二書】

五月二十三日

越過一座山峰，被滿山谷的眼淚淹沒，必須吞下太多太多的傷害……翻過去了，就更尊嚴、更眞實地活著了。在各個方面，我都再沒有不滿意自己了，我果然變成一個我自己所喜愛的完美的人了。

事實上不應該認爲還會有人更愛我了，我所恩受於架的已太多，多到我不能對我自己心存僥倖，心存僥倖說我還能再去愛另一個人，說我還有資格再去對另一個人的生命負責，欺騙我自己說我還想去做另外一件事，說我的人生還想去完成另外一件愛情。我明瞭我的心「要」什麼，它歸向哪裡。

純粹。我的生命裡所要的一切準點，獻身給一個愛人，一個師父，一項志業，一群人，一種生命，這就是我想活成的生命。

眞誠，勇敢與眞實，才是人類生命的解救。這是我來法國所學到最重要的事。這眞誠，勇敢與眞實是隨時可以面對著死亡、肉體的極限痛苦，甚至是精神的極限痛苦；也是這眞誠，勇敢與眞實才能抵抗來自他人社會政治的迫害。保持自身生命狀態「隨時隨地」的眞實，而尋求讓自己的生命狀態可以保持眞實的「生活條件」，才是學習「生活」。

到目前爲止，我認爲人生中對我最難的是「尊重他人的生命」，因爲唯有徹底地諒解之後才有尊重可言。沒有「智」是不可能有悲的。

「命運」這件事是個龐大的主題，「命運」主要是由「奧秘」及「生命的材質形式」所決定。人只能「迎接」奧秘並「認識到」自己生命的材質形式才能超越命運，並且活在眞實裡。我是個強者，我只能比我的命運，我的人生情境，比其他所有人，比人類的災難，比我生命的病痛，比我的生死，比我的天賦更強，活著代表眞善美，死了成爲「絕對者」「永恆者」。人唯有在最深的內在貫通、一致起來，愛欲和意志才能眞正融合得完美。而這個「在最深的內在貫通、一致起來」不是在「心理治療」層面可以達到的，它主要是哲學和宗教性的。「愛欲與意志的融合」正是我論文的主題。

司各特說人若不能心安理得地適應社會，適應大自然，就注定一生不幸。世俗性，功利性，佔有性，自私性，侵略性，破壞性，支配性……這些都是他人身上令我厭惡的性質，我也是因爲社會裡無所不在的這些性質而生病，受傷，逃開，簡單地說，因爲這種「他人性」而使我的生命被迫在他人面前不能「眞實存在」，受到扭曲與傷害，由於這些「他人性」，人類不能接受一個人眞實的樣子，甚至由於他人的不接受，自己也沒有能力活在自己的眞實生命裡。這是我的生命在社會裡受著劇烈的傷害，無法活在一種如我所渴望的眞實與尊嚴裡的因由。然而我必須逃開這些他人的性質，無法與這些性質相處的原因，恐怕也是因爲我心中的這些性質吧？

我是屬於「藝術熱情」的材質的，然而如今我卻眞正渴望過一種農夫的「田園生活」，或說是更純粹的「僧侶生活」。這兩者可以相容嗎？

人與人的不能互相忍受，實在是罪惡。人自身生命沒有內容，不能獨立地給自己的生命賦予意義，實在是悲哀。這兩件事使我創痛。

我想沒有一種痛苦是我忍受不了的，只要我知道我想活下去。

唯有我的生命不再需要絮，不再能夠從她那裡得到任何東西，不再對她有任何願望，不再對她有一絲「佔有性」，我才能如我所要的那樣愛她，尊重她的生命，平等，民主。

客觀性。在成爲Tarkovski那樣一個偉大的藝術家的道路上，客觀性是我接下來的主題。

我自己正是個「僧侶」的生命，二十六歲的僧侶。

我之所以愛上絮，一直愛著她，永遠屬於她，正由於她純粹的品質啊。

五月二十五日

無疑地覺得人實在是愚蠢、粗魯，每一個我所遇見的人都是如此愚蠢、粗魯，我不明白人類何以那樣愚蠢、粗魯，我不明白這件事。

我得有智慧起來，我的人生不要再做出任何愚蠢、粗魯的事了，我發誓。我該發怒，我該怨恨的也都叫它們發洩光吧，不要再需要任何發洩了，不要再需要任何愛或恨的發洩了，眞的。我覺得我背上的重擔似乎減輕了一些，或許是在電話裡把每個點都清算淸楚了吧？我的怨恨需要被發洩出來，架的怨恨也需要被發洩出來。如果兩個人的怨恨不發洩出來，愛也不會流出來的。這彼此心中的怨恨正是阻擋我們繼續相愛的罪魁禍首。

激情。人生眞的沒有拯救嗎？我不相信。激情，痛苦復痛苦，但並不是完全沒有辦法承受的。有激情才好，才知道自己生命所要做的是什麼，而人生在世，眞正重要的是領悟到有一件什麼事是自己眞正要去做的，有一個人是自己眞正要去愛的。只要領悟到這一切的意義就好。如果是眞正的領悟，那人生也就不再有什麼受不了的痛苦，也就沒什麼遺憾了。

唯有痛苦與死亡能使一個人深刻，能叫一個人明瞭什麼是「眞實」。架還沒長得夠大，還沒嚐夠痛苦，不可能知道什麼是「眞實」的。

激情的痛苦，不是不可勝受，不是不可超越的，它是可以靠著宗教，大自然，運動，生活和人類的互助來勝受來超越的。重點是知道有一件什麼事是自己眞正要去做的，人知道有一個人是自己眞正要去愛的，人知道「因爲如此」所以要活下去。

Tarkovski說得很對，藝術家的責任是喚醒人類愛人的能力，在這個愛人的能力裡再發現內在的光，內在關於人性的眞善美。宗教往往不知如何去與人類交談具體命運的內容與主題，然而，「每一個人類」都是需要被理解的，理解屬於他們個人具體命運的內容與主題，透過他們的「旅途」而使他們明白生命的道理。我不能只是個治療師，不只是個哲學家，宗教家，更需是個藝術家，且我主要是個藝術家。

如果絮再來巴黎，哪怕只有一天，我也要使她快樂，使她快樂，使她快樂就是全部我想做的事。我要以全部我所懂得的方式，適合於她的方式，使她快樂。我要使她明白我是懂得她的，我是能夠愛到她並被她所愛的，我是適合她的人生與品質的。要使她明白她誤解我了，她誤以爲我不能使她快樂，她誤以爲我不能過一份快樂、無痛苦的生活，她誤以爲我是勢必會輕蔑她，傷害她的，她誤解我生命的本質了。我想讓她明白我生命的全貌，我完整的生命。

我要騎腳踏車載她去森林，做早餐、午餐、晚餐給她吃，睡前和她一起聽新的音樂，唸詩給她聽，白天有固定的時間我要工作，而她可以單獨地去做她想做的事，傍晚我們一起塞納河邊散步或逛街……白天我想陪她去逛羅浮宮,晚上和她去 Villete 公園看夜景，帶她去看 Angelopoulos 的電影和聽 Argerich 那樣棒而狂野的音樂會，看像 Brancouci 那樣具原創性的藝術展覽，或是像 Laurent 那樣深刻演員的表演，一起在巴黎四處拍下我們的生活照，日常縫隙裡我們一起灑掃庭除……如果她還有機會待得更久，我寫完小說要開始寫詩給她，或用其他的藝術工具創作新的東西給她……我要給她一份如她所適合的規律，清淡，寧靜，溫柔，愜意的日常生活，唯有這種品質的日常生活是能使她快樂的，並且只有具備如此氣質的我是眞正能使她生命充實的……我們不需要任何身體上的親密，我們不需要多交談什麼，我也不再需要任何激烈的東西，或是從她身上再要求什麼熱情或愛的保證，我想我已快速長大，長大到可以給予她一份眞正適合於她的愛與生活……我要和她在心靈上彼此再感覺到非常親密……

自殺。至於那些擊碎我們這份美好生活的憤怒與敵意，一整年來深深埋藏在我們心底的憤怒與敵意；至於這半年她對我所作的錯誤，使我在生活裡承受不住而終於結構崩毀的那一面，她對我的冷漠、自私、傷害、不愛、背叛，這一切在我身體裡所積累的沉痾，所鑿砍的痕跡，我的種種暴行以及她對我日益加深的怨恨，甚至最終她對我所犯下的罪惡——這一切我都不會再反射到她身上，倘若這一切還要繼續發生，我也不要再因爲這些而扭曲我要眞誠待她的品質……一切都只要投擲進我的死亡裡就好，一切都要結束在我的死亡之上，一切我對她的恨及對我生命的不諒解，都要在我的死亡裡眞正地銷融，我要和她在我的死亡裡完全和解，互相諒解，繼續互愛……而我的死亡也是一次徹底向她祈求原諒與懺悔的最後行動，一次幫助她眞正長大的最後努力……

自殺。然而，恰恰與從前想死，想從活著裡逃掉的欲望相反，如今我感到前所未有地喜愛生活、生命，喜愛活著，對未來，對自己能在自己的人生裡，成爲一個令自己滿意與尊敬的完美的人充滿希望與信心。我明白過去我所辦不到，我所改變不了的某些人格，某些性質，如今對我不再是問題，過去我一直打不通的某些管道我如今也打通了，我整個人散發著光芒，我清晰得不得了，我明白這一整年來所發生的來龍去脈，我明白我眞正想過的是怎麼樣的一份生活，更獲得我過去一直想企求的自信及想像，彷彿那樣一份生活如今就在眼前，只要我伸手就可以搆得著的……尤其是如今，我並不覺得我還如從前那般特別地痛苦著，相反地，我感覺到這可能是我最光明，最健康，最不怕痛苦的時期，我似乎一下明白了許多關於「痛苦」，以及如何勝受痛苦，超越痛苦的秘密……是的，這次我決定自殺，並非難以生之痛苦，並非我不喜歡活著，相反地，我熱愛活著，不是爲了要死，而是爲了要生……

是的，我決定自殺，那就是整個「寬恕」過程的終點。我並不是爲了要懲罰任何人，我並不是爲了要抗議任何罪惡。我決定要自殺，以前所未有的清醒、理智、決心與輕鬆，因爲是爲了追求關於我生命終極的意義，是爲了徹底負起我所領悟的，關於人與人之間的美好的責任……我對我的生命意義是眞正誠實與負責的，儘管我的肉體死了，形式的生命結束了，但是我並不覺得我的靈魂就因此被消滅，無形的生命就因此而終止。只要我在此世總結是愛人愛夠，愛生命愛夠了，我才會眞正隱沒進「無」裡，如果在這個節點，我必須以死亡的方式來表達我對生命的熱愛，那麼我還是愛不夠她，愛不夠生命的，那之後，我必然還會回到某種形式之中與她相愛，與生命相關……所以肉體的死亡一點也不代表什麼，一點也結束不了什麼的。

是悲劇嗎？會有悲劇嗎？九二年底我夢到的絮悲淒至絕的眼神，是在預示這場悲劇嗎？那是我死後她的眼神嗎？她是在悲傷我的死亡嗎？

經過三月的災難，我已死過，我已眞正不懼怕死亡了。相較於我想追回的這段愛情的本來面目，相較於我想完成的人生閃耀的美好燦光，肉體的痛苦並不算什麼，我挨受得住的，我會微笑的。

【第十三書】

不要死。我不畏懼談死亡。可是，不要抗議地死。那種孤獨與痛苦令我痛不欲生。所謂生者何堪，是的，即便是活著的現在，想及你的痛苦都令我感到何堪，何況當我想及一個個夜裡消逝的你的形體內那些吶喊與不平……我無論如何不能面對這種痛苦，然而，也不是爲了自己害怕痛苦而要毫不理解地去勸阻你的死亡，而是我明白你的生命，你當眞殺死它，那種意義的毀絕令人對生命感到徹底的不義與無助，倘若生命連你都不要，還有什麼情理可言？

——九五年來自東京的關鍵信

時間是一九九五年五月二十九日凌晨十二點半，我二十六歲生日。

爸爸媽媽剛打電話來，祝我生日快樂，我悲不可抑。他們對我如此盡力，他們已盡了全部的力氣來愛我，我當眞殺死我的生命，他們會如何痛苦？是的，小詠說正因她了解我的生命，（你當眞殺死它？）

小詠小詠啊，知我如你，可知我死期已屆！然而我還有那麼多縈繞我心的藝術計劃尚未完成啊！知我如你，我要說我這短短的一生你已給我足夠了，我的這一生唯有你是眞正了解我的悲劇我的深刻度的，你之於我的愛是藝術性的，向你致最頂禮的謝……

小詠，我的死值得嗎？值得你的崩毀，值得父母的崩毀，值得所有愛我的人崩毀，值得所有知道我性情秉賦的人們惋惜嗎？值得嗎？小詠，這麼多的眼淚……

五月二十八日

絮：

今晨收到你寄給我的生日禮物，一整套古典音樂雜誌，很高興。

我開始自己站穩，不再外求，我開始進入我生命中最重要的主題……

我必須對我的生命具備客觀性，那是眞的。囤積著許多給你的信，囤積著爲你準備的生日禮物。我之所以沒辦法再把寫給你的信寄出去，那也是客觀的。因爲在現實的客觀裡，你確實不是我所想要去愛的那個對象，你確實不是我所在生命底層和她相關連著的那個人。雖然我深深地渴望和你說話，寫信給你，對你述說，因爲我的生命必須做著這些，非如此不可，因爲我確實是只曾和你建立過那麼深的結合體，我只能在那麼深底對你述說，我只欲望著那樣對你述說，不再能是他人。此生我所要的正是那樣的述說、溝通和創造欲望：和另一個人類能形成那樣的關連。我已獲得，我已在那樣的關連中，我已達到我的內在幸福。然而，把我的信寄出去，把我的絕對、美好及德行給予現實中的你，卻是使我被激怒、挫折、受傷害……

想念你。這三個字已沒辦法那麼單純地說出口，已不知該如何去描述想念你的狀態。唉，只能小小聲地在心底偷偷問自己，之於你，我眞的還不夠美嗎？你的生命沒有我來跟你說話眞的不會有點寂寞嗎？我怎麼都不能明白爲什麼你要拋棄我這份屬於你生命的寶藏呢？絮，我不盡明白人生的道理。

"Femme, je suis retourné." (Alexandre le Grand)

多美，多美的 Alexandre 啊，多美的愛戀啊，超越生死，多美啊，美到我想哭泣……Alexandre，那就是我，不是嗎？我就是 Alexandre，不是嗎？那正是我的原型，我內在的胚胎正銘印著如此的記號，我就是要如此地在我生命中去愛一個人，一個女人，貫穿生命地去愛，供奉全部的自己於愛之面前……獻祭整個生命給我的愛人……啊，那正是我生命最深的夢：找到一個人，對她絕對！

Alexandre就是我，我就是Alexandre!

「致不朽的愛」（Beethoven）

除了絕對的愛之外，都不叫愛。過去我所愛過的都不算愛，從今之後才可能是愛。

「幸福是一種綿長而悠久的充實，一種穩定和平靜。」這是你從前無意間抄給我的句子，我也因而明白你人生所要的幸福即是如此。如今我眞的達得到嗎？或許我的熱情本性使我的內在並非完全如此，但是，在對待的交接面上，我想我可以做到如此。我希望如你所願般地待你，給予你，愛你。

架，你不知我是如何在愛著你，終我一生我都會在這裡，我都要如此愛你，你不明白我是如何在愛著你，或說你不願明白……你看輕我及我的愛之價值，使我潰爛，然而，我會用我一生來證明我自己的美與愛，用一個「不朽者」的我來使愛閃閃發光，我會使你明白這一切才是生命的終極意義的。然而，我不再述說這種意義了，從此我保持緘默，上天會使人們領會我的，而你也會是那當中的一人……

失去，失去吧！除了全部、再全部地失去你之外，我也不會更如我所要地徹底去愛，也不會更讓你在心中體會到我的存在啊！老天，請更徹底地，更用力，更進一步，二步，三步，直到最後你死亡地從我生命中拔走你，剝奪你吧……使我更明白，無論那如何地痛苦再痛苦，失去你再失去你，我還是在愛你啊。

架，愛不只是情感，情緒，熱情，愛其實眞正是一種「意志」。

然而，我得先學會對你緘默，懂得如何一點都不傷害你，唯有如此愛才會像巨浪的岩石般慢慢顯露出來……

平靜的愛不是愛，靜態的寧謐也不是眞的寧謐。一切都是動態，辯證性的，一切都要付出代價的！眞的。

五月二十九日

今天是我生日。剛剛阿瑩把一隻很可愛的咖啡熊放在我的床上，熊的脖子上還掛著一個牌子：「生日快樂」。我很感動，感動於像阿瑩這樣的人，人生在世，懂得付出的人實在太少了，我所遇到的絕大多數人都自私、吝嗇得不足以去愛，或說去愛世界。住在這裡與阿瑩相處，我常感動於她的人格，她是個獨立、執著、勇敢、純潔、深情，懂得去付出及給予的人，我存活在人世，需要看見這樣的人類跟我一起活著。

（歡樂比娛樂好，幸福比歡樂好。）（Scott）

（如果我沒有自殺，也是藝術和德行留住了我。）（Beethoven）

Angelopoulos 沒贏得金棕櫚獎，我也爲他哭泣，然而世俗的寵幸及榮耀於一個藝術家不是蜜汁，更是刀劍毒藥啊！將整個塵世拋棄在後，繼續工作，Angelopoulos。

二十七日星期六我還聽了一場 Landomski 雕塑的介紹。我佩服於他的工作精神，儘管他是繼 Rodin 之後最偉大的雕塑家，但我必須說他還不到偉大的地步。感動我的唯有"Les fantômes"（戰士幽魂），"La France"（法國），

"retour éternel"（永恆回歸），"La source de la Seine"（塞納河之源），"Le monument de Narvir"（納爾維爾戰士紀念盾牌），還有"Le temple de l'Homme"（人類聖殿）之中一個向天祈禱的粉紅色雕像。我必須說唯有藝術家深深地被人類的悲劇性及死亡所浸漬時，他才能眞正感動我，他才能眞正偉大，或與偉大之存在相遭逢。對了，Landomski還有一件"La porte de l'école"（醫學院大門）功力深厚。但眞正好的是"Les fantômes"和"La France"，兩者都是他在經歷過二次世界大戰之後，發誓要讓他死去的戰友們「再站起來」所雕成的。在荒野舊戰場上，八個昂首望天的幽靈士兵挺立著，遠方山坡低處是代表法國精神的一個持盾牌的女人，裙裾微微飄揚在風中……我相信那是Landomski一生中最深點的時刻。

拍《流浪者之歌》（*Le voyage des gitans*）的Emir Kusturica昨夜摘下了電影一百周年的Canne金棕櫚獎，以《地下社會》（*Underground*）這部片打敗Angelopoulos的《尤里西斯之注視》，我想是因爲政治因素，今年南斯拉夫地區波士尼亞和塞拉耶夫的戰爭太悲慘，實在是歐洲長期衝突的遺緒及犧牲品吧，評審團多少不無將此獎頒給南斯拉夫導演 Kusturica 以對 Yougoslov 致意的意味。然而若今年這《地下社會》有《流浪者之歌》的水準，那麼得獎也不爲過，未來看他的影展，到他的第八支片（Kusturica 太年輕）時，若其中有四支片有《流浪者之歌》的水準，那他將成爲 Tarkovski, Angelopoulos 之後我心中第三名的導演。啊，如今來法國第三年，我終於明白電影世界中，其實眞正令我痴狂的是僅有的那幾個人格啊，我並不爲其他的電影或電影人格痴狂，那幾個偉大的電影心靈也並非在法國，而是在歐洲的最北與最南，北方是俄國的 Andre Tarkovski, Nikita Mikhalkov，南方希臘的 Téo Angelopoulos，和南斯拉夫的 Emir Kusturica。法國還活著的 Godard, Rohmer, Louis Malle, Rivette, Chabrol，只能算中級的心靈，而新一代的後巴洛克風如 Beineix, Besson, Carax 都還太年輕，甚至可以看出他們氣度的局限，很難說年紀大就能改變什麼。

每個藝術家的心靈質地與所經受著的命運，都可以在他年輕時候就感覺得出來，而這張歐洲電影心靈的「地形圖」的區辨也是由於這三年我的成長才繪出的。因此，絮啊，我請求你不要因爲我在遠方而拋棄我，不要隨便地拋棄在巴黎的我啊，我在巴黎是爲了成長爲一個美麗的藝術家，是爲了成長爲一個值得你一生鍾愛的美麗心靈，請不要因爲這種理由而拋棄我吧！我並不是一定要離開你，我也可以立刻收拾行李回到你身邊的，藝術上今生今世能達到多少並沒有關係，愛你甚至比我藝術的命運更重要，是因爲你一直將我放逐在國外，一直不要我，不肯開口叫我回國，你從來沒覺得需要我的生命……所以沒有你的召喚，我唯有循著屬於我獨特藝術的命運走下去，繼續這種放逐的生涯了。所以，你拋棄我就純純粹粹是爲了拋棄我，沒有別的原因吧，若有一絲絲是因爲我在遠方，那既不值得，誤解了我，且大錯特錯了。

（工作吧，唯有工作能遺忘一切！）老師這麼說，Beethoven, Landomski, Angelopoulos，所有的藝術家都在這麼教導我，我這一生眞正想成爲的是像 Angelopoulos 那樣的藝術家的——成爲「巫」的一生。

【第十四書】

五月三十一日

（除了不誠實之外，我們別無所懼。）

嘴巴代表貞誠。鼻子代表寬厚。兩道眉毛代表正直。額頭代表德行。眼睛代表愛人的能力……

我細細撫觸她的臉，她的五官，喃喃說出她在我心中的美。是的，這就是她。當鳥兒飛過浮雲，掠上我心頭的就是這一張心像；當雙眼凝視水面，水波中漂現的就是這幅幻影。那是我在飛翔的雲間看到的？還是我從我心裡看到的？她是幻影嗎？還是水的流動原就是幻影？

是的，她是個有德行的女人，我無法向任何人，也無法找到任何方式，表達絮的具體形象，表達她在我心中雕下的眞善美……我想雕刻家在刻他心中的永恆容顏時，是必須在時間中找出如大理石般堅硬的凝結點，是必須在變化的流沙裡鑿出永恆的意志，是如此的吧？

一九九二年九月遇見絮，到十二月搭機前往法國，是邂逅，也是蜜月。九二年年底，我先在小城裡學法文，隔年九月轉上巴黎念研究所，直至九三年六月，是盟誓期，完美的愛情關係，絮堅定如石地支撐著我朦朦朧朧的留學理想，閃爍著光芒照耀我孤獨的自我追尋之旅程。三百多封書信，使我愛情的性靈燦爛地燃燒。此情此恩啊，我怎能矇上眼睛騙自己說，還有更美麗的人在等我，我怎能關掉心裡的聲音而告訴自己說我還可以更愛另一個人，我怎麼可以佯裝沒看見我的生命所被她剪裁出來的形式，而說我還能再歸屬於另一個人，說「愛情」不是這樣，是別樣，是在他方……

九四年六月，絮搭飛機到巴黎來，與我一起實現長久以來我們對愛情婚姻的夢想與理想，直至九五年二月，我送她回台灣，這之間的婚姻生活一日敗過一日……可說來到我眼前的已不是一個我所認識的她，當她踏上法國實踐她對我最後諾言的第一天起，她已自她身上離開，我已失去一個百分之百愛我的絮。我常說她來巴黎不是來愛我的，是來折磨我的。她努力地試圖善待我，卻只是給出更多不愛、冷漠與傷害……關係急遽惡化，八月，她開始不忠於我，我陷入長期的瘋狂狀態，一點一點地自我毀滅，自我崩潰，之間兩次企圖死去，企圖從生命中最血腥最恐怖的內在夢魘裡逃脫……而她變得愈來愈冷漠、可怕、更嚴重的不忠傾向……最後我完全無法挽救自己地傷害她……內部深處被戳傷太重，彷彿在面對一名最狠辣的仇敵……她也幾乎被我毀滅，恐懼我至無以復加……

九五年三月我回到法國繼續學業，為了要我離開台灣，她答應我要共同修復起我們的愛情，給我們希望，彼此再各自治癒，她會待在那裡等我再等我……我太可憐又太脆弱，不敢也不曾去想她已經不再是那個令我信任、尊敬、有德行的她了，因爲那個「她」已被我親手摧毀了……〔是的，是被我摧毀的，遠在她來法國前的一個月內，我已將她內部所向我展開的美麗摧毀，當我明白她並非眞正願意爲我的生命負責，並非眞正願意來法國（而她自己並不願知道這一切）時，我在電話中將她及她的愛一股腦地丟擲回去，丟擲在地，我決心獨自在法國走下去，不要再等她，我絕望地關在小公寓裡，拔去電話，拒絕她又拒絕她……那時她心已碎，愛我之魂魄已飛去……一個月內匆匆成行，趕著來巴黎挽回我，挽回這關係的她，唉，是一個連她也不知道是誰的她，是一個根本不想離開家的她啊！〕

直到我因她而死的最後一天，我都還信仰著她的德行，她的誠信，她的言行一致……三月十三日，離開台灣的第十天，她睡在別人家裡，別人床上……在公共電話亭裡，我瞬間死去，經驗到半年裡我內在被她的不忠所累積的暴力及死亡的全部意涵。是的，我死去……死亡·發生·死亡·死亡·發生無意識地狂號嘶叫，無意識地撞著電話亭的玻璃或鐵架，無意識無痛感地血在頭上橫流又橫流……我對著話筒裡的她吼著：（我今天就要死去！）……警車停在亭外，四名警察要帶我走，我堅持要講完電話……混亂中聽見絮哭著說立刻就離開別人的家，回家會馬上打電話給我，會儘快到巴黎來和我談清楚……然而，這每一句話都是謊話，每一句謊話又都更深地危害到我生命的存在……謊話之上唯有更多的謊話……兩名警察將我拖出電話亭，我掙扎不從，想再拿回話筒……我被拖進法國的警局，大腦彷彿已經昏厥過去，癱在地上只感覺有許多雙腳在我身上踢打，劇痛卻也麻木……忘記自己是怎麼站好，怎麼踏出警局門口，怎麼走路回家，我已忘記，只留著一些深刻的精神痕跡，我想精神深處我在驅使自己要有尊嚴地走回家，要回家坐在電話機旁等絮的電話……我回到家了，全身不知名的疼痛腫脹，五臟六腑恍若碎裂，不間斷地嘔吐……那個凌晨，黑暗中我坐在客廳的電話機旁，耳邊轟轟作響：（你眞的要死了！）

想及割耳後頭包繃帶的梵谷畫像，想及太宰治所深愛的「頭包白色繃帶的阿波里內爾（Apollinaire）」。

（Un homme vit avec une femme infidèle. Il la tue ou elle le tue. On ne peut pas y couper.）

一個人和一個不忠的（女）人生活在一起，他殺掉這個（女）人，或是這個（女）人殺掉他，這是無法避免的事。

——Angelopoulos《重建》（*Reconstitution*）

【第十五書】

〔黑暗的結婚時代〕

【第十六書】

六月五日

夢到 Laurence 及她背後臀部的弧線。

Laurence 訓練我的身體，猶如在法國三年，我藝術的官能，眼、耳、心靈被訓練被打開一般，身體在誕生……

那天，第一次遇見她，舞會後我們從 Bastille 散步到黑馬區的 St. Paul，一路上燈火熠熠，寂靜蜿蜒的巷道沿途插滿火炬似的舊燈，配襯著兩旁森嚴奇巧的古巴黎建築，而這蜿蜒視景之中，別無他人……Laurence 如數家珍地告訴我黑馬這一區的建築史，儘管大部分的餐館酒吧在這夜裡都已打烊，她還能一家家地點數出不同的國籍、風味與特色，儼然一副巴黎主人的志得意滿貌。

（如果要談巴黎人喜歡的巴黎，就我的理解，是指黑馬這個地區。）她略爲沉思一下，揚起瘦削的下巴，專家口吻地下結論。

（你是在巴黎出生的嗎？）我問她。

（不，我是在Lyon出生的，我的父親是一座城堡的主人，是一個很有聲望的昆蟲學家及慈善家，我家裡除了地窖、滿地的昆蟲標本及川流不息的流浪漢以外，基本上是空的。那是一座孤獨的城堡，位於Lyon郊外的鄉下，周圍大概一百公尺外才有其他的房舍。）

（不喜歡Lyon嗎？爲什麼會到巴黎來？）我又問。

（因爲非來巴黎不可。）她略帶訕笑地看著我。

（哪有什麼非來不可的事？）

（哪會沒有？我身上的所有事都是非如此不可的。）

（巴黎。女人。政治。都是非如此不可？）

（是的。巴黎。女人。政治。都是非如此不可！）她拂一下額前的褐色薄髮，認眞地瞪我一眼。此刻我才留意到她的藍綠眼，藍色眼球裡瞳孔邊緣鑲嵌著一層飄忽的綠色。（眞的。）她再強調一聲：（不知從我多小開始，我就特別喜歡政治，政治對我所代表的不是馬克思主義或左右派之類的事，它比這些簡單，也比這些複雜，政治是把一件在人與人之間明顯是錯的事推到對的那邊，然後把這些叫做對的事繼續貫徹下去。我又特別關心那些錯的事，喜歡把力量用來推動那些原本是錯的事。每個人喜歡的事都不同，我喜歡政治，政治之於我是沒有選擇的。你相不相信一個五、六歲的小孩就會去 *Le monde*〔《世界日報》〕*Figaro*〔《費加洛報》〕上剪政治人物的照片？還不識字……）

（有可能啊！但你還是沒說爲什麼來巴黎。）

（爲了三年的知己關係，五年的情侶關係。）

（你的情人住在巴黎嗎？）

（她也住 Lyon，我們從很年輕的時候，就都是社會黨的黨員，我們在社會黨的 Lyon 支部擁有三年工作伙伴的關係，更是知己關係。你不知道那有多過癮，那時我在念書念政治，她已經是 Lyon 黨支部的特別助理了，而我充其量只是我們那一輩年輕、激進、過度熱心的一個黨員，我幾乎是天天到黨部去晃，看看有什麼新消息發生，有什麼事情可以幫忙，就這樣，我幾乎天天碰到 Catherine，那時除了偶爾和學校裡的男孩子睡睡覺，也沒什麼重要的，政治幾乎是我的全部，Catherine 跟我一起分享、討論大大小小對政治的看法、關懷及理想，我們都堅持著要待在社會黨裡好好監督傳統左派的那份理想性……啊，Zoë，你不知道，能共同擁有一種理想是多麼美妙！從我十八歲到二十一歲這段期間，我並沒有意識到自己和這個大我五歲的女人是在一種知己的關係裡，但那就是啊，也實在是啊，後來我沒有再發現過類似的關係。）

（是的，有時知己關係甚至比情侶關係更好。）

（我們共同經歷了社會黨的全盛期，也看著它逐漸走下坡，今年左派又要把總統寶座讓給右派共和聯盟的Chirac，結束十四年來屬於社會黨的時代……Catherine眞幸運，毋需看到這一天……一九八一那一年，Mitterrand第一次爲社會黨贏得總統大選，我二十一歲，選舉結果揭曉當晚，我和Catherine抱在一起又叫又跳，笑得眼淚流不停，啊，那眞是一個時代啊！黨部裡的人全瘋了，到處是香檳噴湧，人們送來成百成千的花堆在門口，大廳擠得水洩不通，Catherine和我擠在人群裡，她附在耳朵邊大叫：『Laurence，我有秘密沒告訴你，我每晚都和不同的女人睡覺。』我斜睨了她一眼：『這哪叫什麼秘密，』她叫得更大聲：『可是，三年來，我一直想要你，所以我拚命跟別的女人睡覺，我想要的人是你啊！』『你怎麼從來沒告訴過我？』『我怕完全失去你！』說到這兒Catherine已哭出來，她怎麼能把自己藏那麼好？她怎麼能那麼美呢！）

我們走了很長一段薔薇路（rue des rosières），轉角一家以色列餐廳還很熱鬧，她上前去買了一份以色列式割包，兩人沿途分著吃。

（後來我們就一起逃到巴黎來，一住就在黑馬這一區住了五年。）

（爲何說是逃呢？）

（Catherine的父親是右派R-P-R共和聯盟在Lyon的頭頭，這也是後來我才知道的，她的政治觀點可說是和父親完全相左，但是，他們父女間達成協議，即Catherine可以幫助社會黨，但總統大選結束之後，她就要回到共和聯盟陣營裡。她父親是個很厲害的人物，既是Lyon的銀行家，又是共和聯盟在Lyon市黨部的靈魂人物，所以他女兒的一舉一動全受到嚴密監視，她父親不能容忍她女兒和我生活在一起，而她也不能繼續待在Lyon的左派陣營裡，所以我們唯有逃了。）

過瑪琍橋（Pont Marie）到塞納河中央的西提島（Cité），再從西提島上唯一一條橫貫道路，由島的東邊走到最西端，最後我們坐在島的終端，把腳伸到塞納河裡，迎面駛來一艘沒有乘客的觀光船，右手邊是Conforama，再過去是金碧輝煌的羅浮宮，左手邊是國立美術學院和法蘭西學院，坐在這裡，坐在這個終點，彷彿是整個巴黎的支點，貼著整個巴黎的心臟，好安穩、好動容……

Laurence，你是愛巴黎的，是不是?你是愛 Catherine 的，是不是?你是愛政治的，是不是？

她輕手輕腳地褪去全身的衣服，在我還來不及發現她要做什麼之前，她已潛進塞納河，一瞬間以她的裸體面對著我，我下體濕潤一片，心臟加速怦跳，陰部緊緊地抽搐……單純的肉欲降臨到我身上，且是女人身體對我產生的，是第一遭。我並不想逃躲，我想面對那樣的欲望是什麼，我想經驗看這單純的肉欲要帶給我什麼……

更早以前，在遇見絮以前，原彥常嘲笑我對女人的性欲，因爲我告訴他，我從十五歲起就對女人產生愛情，十八歲起就欲望女人的身體，他問我會不會對陌生女人的身體產生單純的肉欲，我說不會，是先愛上一個女人之後（或許很快地），才欲望她的身體。因此，原彥笑我對女人的性欲是我精神性的結果，也就是說，基本上是愛欲之中精神愛及精神審美的部分過於支配我整個人，使我太快在女性心靈上發展自己的愛欲史，同時，精神性的支配力也使我自發性的肉欲冒不出芽來，而使我太早放棄對男性心靈之審美性的追求。原彥不相信我確實是爲了使他快樂才陪他做愛，在他和我相交媾的時刻，我想我愛的是女人的身體。他認爲我對男人的身體有成見、有先入爲主的排斥心，他總想把男人和女人肉體間的狂喜快樂教給我，但他並沒有成功，我只說：（那是屬於靈魂而非身體的秘密！）

剛到巴黎的頭幾個月，希臘籍的同學Andonis，長著健壯的身體和俊美的臉蛋，開門見山地要我的身體。我早和他說過我愛女人的身體，他說哪有這種事，罵我太保守，「身體」就是「身體」，只有能不能吸引人、能不能使人欲望的「身體」，哪有什麼男人的身體、或女人的身體之分。性和愛之於他是兩種完全不同的官能，性是衝動是肉體的快樂（他指指他的下體），愛是情感是靈魂的快樂（他指指心），兩者基本上是獨立開來的管道，但聯合起來更棒。我還是使他快樂了，但他挫折：（難道我的身體還不夠美好嗎？）

我搖搖頭。

（Zoë，或許你不懂得單純肉欲的美好，你從來沒經驗過酒神戴奧尼索斯是什麼，我不相信你所愛過的女人哪一個有比你更大的能量能把你帶到酒神那裡。）他賭氣地坐在牆角：（Zoë，Zoë這個字不是希臘文「生命」的意思嗎？你眞懂得Zoë？）

他們兩個都是對的，也都不全對。要帶我去酒神那裡的，也是一個女人。

昏暗間我看見Laurence在塞納河裡撩撥她的頭髮，就像她平常說話說到激動處，就會用雙手將垂在額前的髮撥到兩邊；在水中和在陸地上都一樣，她都在爲自己加上中止符……她的皮膚是曬得均勻的淺咖啡色，比頭髮的棕色更淺更柔滑，在這春天油綠滿樹、綠葉闊綽妖舞的塞納河兩岸，在這巴黎人文化巔峰的燈光藝術裡，Laurence猶如一尾在千萬片顫動的黃金葉間翩翩跳躍，逆尋光之流域的魚……俯游時露出她臀部無懈可擊的弧線，河水從她的背脊滑開又滑開……想用雙手觸摸那弧線，想用唇吸吮那弧線，想用灼熱的陰部去貼住她背脊的弧線，無論她是誰……仰泳時，乳房的形狀默默地劃開水流，我想她是興奮的吧，乳尖翼翼地燃點著，腰部肌肉隨著空氣的吸吐而收縮凹陷，風旋彷佛魚梭織響，彷佛 Laurence 姣美的線條在紡織著水流……

原彥：（男人的身體就不美嗎？你難道不懂得男人陰莖勃起、抽動和射精的美嗎？男人身體的美難道佔據不了你的靈魂？）

男人身體的美我能欣賞，或許我更有天賦能被女人美的細節打動吧。原彥。

Andonis：（唯有男人肌肉興奮時所產生的力量才帶動得了你的身體，因爲你是一個這麼勇敢、這麼有力量的女人！）

沒錯，你所相信的並沒有錯，過往我的確不曾遭遇有足夠力量的女人，不曾使我身體裡蘊藏的力量被帶往酒神那裡。Andonis，你說的是對的，但這仍不是男人的問題。

Laurence的身體太自由、太有力量，遠遠超過我的身體，且是如此具官能與性感之美的身體，彷彿她身體的每個細節都是經過我的同意與讚美而設計出的。無論她是誰，我的身體都會激烈地欲望她的身體，欲望著進入她那太自由、太有力量的內裡，欲望著自己的自由與力量被她更加地打開，欲望著兩具身體在相對稱的自由、力量裡飛翔、打架……

從此我明白：熱情所指的不是性欲的表現、不是短暫的激烈情欲。熱情，是一種人格樣態，是一個人全面熱愛他的生命所展現的人格力量。

Laurence的完全自由與力量正是從她的熱情之中流洩出來的，而這種熱情的型態也是符合我自己的熱情型態的，且她更強於我，而令我一觸及她即整個身體不由自主地分泌張緊，身體彷彿瞬間成熟爆滿欲望之流……

是的，在Positive（陽）—Passive（陰）的意義上，Laurence的熱情型態更Positive於我，她的熱情更飽滿、堅實於我，而使我的身體在與她接觸時能夠成熟到我過去所無法成熟的全部縫隙。這些縫隙，是過去男人身體將我作爲一個女人身體而進入的時候，或是在我最熱烈地與一個女人相愛的時候，都不曾成熟顯現出來的縫隙，這些縫隙也是使我生命熱情爆烈基本騷動啊！

熱情。不是男人身體的，也不是女人身體的。不是性器官的插入或接受，也不是肉體的力量大小或性分泌物多寡。不是一個人對他人、對外在世界所表現出來的強弱形式。熱情更是一種品質，一種人在內部世界開放能源的品質。而我所尋求於人類的熱情類型，是近似於我自身的，它不一定在男體身上，不一定在女體身上。未曾遇見 Laurence 之前，我以爲那必定是在一個女人身上，Laurence 使我的身體成熟時，我才明白這個人不必定要是女人，是因爲她熱情的品質衝撞開我熱情的潛量，而非她是個女人。

Laurence 知道我在寫一部小說，每隔兩、三天她就會到我的住處來陪我。三月時她在忙中心裡籌備的「同性戀電影節」，徵求劇本創作，籌備愛滋病募款晚會；五月時她又在忙「爲愛滋病而跑」馬拉松，我想六月底的「同性戀驕傲日」會讓她忙得更厲害。她不但是新成立不到一周年的「同性戀中心」的長期義工，也是社會黨在巴黎總部的行政助理，五月爲了替 Lionel Jospin 競選總統，她忙得胃病而躲在我這裡好幾天，選舉揭曉當晚，五月十四日吧，她聽到右派共和聯盟的 Chirac 贏了 Jospin，她只從床上跳起來，把她同時打開的電視和廣播電台關掉。

（結束了，一切結束了，我不可能再有另一個十七年可以奉獻給社會黨。）

她走到我的工作枱前，翻開我的小說手稿，請求我用中文朗誦我的小說給她聽，我說第一書到第十書都寄出去了，手稿裡只有第五、第十一書，以及正在寫她的第十六書了，她說沒關係，等我死後到地下去唸給她聽。她坐在我黑色的工作椅上，我坐在地毯上，把手稿攤在她膝蓋，一書一書地唸，完全不懂中文的她安靜地聽，甚至不太敢呼吸，只偶爾搔搔頭髮。

（小說寫完，我帶你去希臘旅行，好不好？）她說出口，幾乎是緊接著我唸的最後一個句子。

我們躡足鑽進浴室，水沖淋著我們各自的裸體，她親吻我的全身，兩耳、髮根、脖子、乳頭、臍間、小腹、陰毛、陰部、及背部……她總是要我先坐在椅子上，任她以發燙的舌頭舔遍我的全身，使我的身體足夠興奮、足夠渴望她，再輕輕牽起我的手，帶我到床上……她的手臂很長很有力，當她環住我的身體，那力量似要把我的靈魂逼出，她在我耳間喃喃唸著些黏膩的法文單字，她的舌頭是我僅遇過帶電的舌頭，當它勾纏住我時，我身體裡的靈魂真是在飛翔，Tarkovski最後一部電影《犧牲》（*Sacrifice*）裡，有老人去向瑪麗亞求救的一幕，瑪麗亞以身體安慰老人，兩人就在床上騰空飛翔起來……

她知道在什麼恰當時機將她的陰部貼住我的，而能使我在那一剎那震顫起來……她知道在她自己身體激動到什麼狀態時，鑽身到我的下身，如一尾短蛇般迅疾滑行在我最寬闊的流域間……她知道循著什麼樣的韻律在什麼時間點上進入我的陰道，梳刷那奧裡所有的曲線、皺壁、溝渠，緣著它興奮的陡坡上升驀然插上一面紅色的旌旗，聖母之繁花無性相生殖而纍纍地湧出狹秘的宮殿……

Catherine 用一把我送給她的骨董匕首割斷自己的喉嚨死了。

一九八七年六月六日中午十二點。死在 Lyon 醫院的病床上。三十二歲。

她剛生完第一個男寶寶。在醫院休養的第二個禮拜。

來巴黎的第五年，有一天我下班回家，發現她和另一個女人，也是我的同事，光溜溜地在我的床上。原來她們的關係已瞞著我偷偷地進行一整年了。當晚，我沒再多說什麼，任她怎麼跪在地哭叫求我，我收拾好我的東西叫了另一輛計程車，當晚就搬離巴黎到更北方叫 Lille 的城，不再和她聯絡。後來聽朋友說她回去 Lyon 老家，接受她父親爲她安排的政治婚姻，嫁給他們世家的兒子，一個她兒時的玩伴，也是未來她父親在 Lyon 共和聯盟勢力的接棒人。在 Lille 那一年，我過著完全封閉獨居的生活，每天都坐在陽台上守著日出和日落，企圖自殺過兩次，都被我的老房東救起，那時我不相信自己可以和世界和解，不相信自己有能力把自己救活，再活下去……因我太了解自己誠實的個性，而世界又太愚蠢太醜陋了，之於這種衝突我幾乎是無能為力啊……

一年多後，Catherine生育完，透過我的家人傳話給我，請我去看她一次。六月五日中午，我捧著她最喜愛的一大捧香檳色玫瑰走進她的病房，把花插起來，什麼話也沒說默默地坐了一會兒，站起來表示要走，當我在她兩頰各親吻一下以示告別時，我輕輕說出唯一的一句話：（"Je t'emmerde beaucoup!"我厭惡透你。）

【第十七書】

六月十一日

第一個禮拜，我幾乎還是吃不下。小詠每天都絞盡腦汁親自作菜，或是帶我在館子裡吃不同的食物。每一餐她都注意地看著我，或是她低頭吃飯而以眼角偷瞄我，看我是不是吃得下，看我喜不喜歡。她笑著說：只要你吃得下，要我破產我都給你吃。她不是一個會對我正面說出關心話的人，甚至她說的話都是相反的。從我五年前認識她起，記憶裡沒有任何一句：我愛你，腦中倉庫堆積的大部分都是沒有感情的話語，或是更糟的冷漠言語，甚至是一些因她的冷漠而導致的我們之間的爭吵言語……然而，作爲體驗一個人的心，不聽其言只觀其行，這種特殊的原則，用在她這種特殊的人身上，絕對是沒錯的，這也是我花了好長好長的時間才學會的。

我吃飯吃得很辛苦，有時一口菜吞下去，馬上產生吐意而幾乎吐光，小詠鎮定地看著這一切，眼神裡閃過一抹沉篤，憂慮勝於不捨，思考更勝於情緒（那也是我很欣賞她的眼神之一），我感覺到她決心要使我活下去，她會不計一切代價地將我的身體救活，使我的身體能夠再進食，再睡覺，然後，能夠再活下去……長期的憂鬱狀態，已不知要追溯到多久以前，近一年來，憂鬱發展出更精緻的表現形式，厭食症加失眠症，一點又一點地將我的生活內容架空，將我的生命血肉抽乾，這兩個傢伙好像死神的兩個捕快，這一年來被派遣來跟蹤在我的身旁，等待我遇關鍵性的劫點將我劫去。

我不能忘懷那個黃昏，在一家小咖啡館的二樓，我很用力地告訴她，我之所以要到東京來找她，是因爲在我生命最深沉的地方唯有她能了解，也是僅僅與她相關連的，在我最悲慘時我只信任她，信任她能懂，我想與她一起活我生命中的最後一分鐘，我只想見到她，只有她能給我欲望，給我勇氣活下去，我只會想爲她活下去，因爲只有她的生命是眞正需要我，需要我活著的，我會想要活在那兒給她看，給她信心，給她勇氣，我想活下來照顧她……她眼睛閃著光芒，注視我，窗外天色已由昏黃轉至全黑。

走出咖啡館，我們手牽著手走在小雨點裡，身邊是密密麻麻的日式小酒館，忙著打烊的小商家，短短狹狹的街道，好溫暖的夜晚。

我們接著鑽進一家溫暖的壽司店。只見許多人圍在橢圓型的餐台上，坐著高腳椅，白帽子、白制服的師傅站在中央微笑著爲大家捏壽司，手法又快又穩，做好的各色魚壽司送上傳送帶，彷彿在客人眼前跳起一場盛舞。店面是長方形的，在面對師傅的這個側邊，坐著一排人微微等候著，我和小詠就擠身在這一排人之中。幾個侍應的人在眼前吆喝著客人所點的東西，有些忙，有些急促，密閉的空間裡熱鬧滾滾，每個日本人都像是一個把哀愁封閉在身體內的定點……我拘謹地坐著，把雙手交握在併攏的雙膝上，不敢轉頭看一眼身旁的小詠，不敢亂動，生怕一動，這來不及吸蘊的幸福感就要渙散，我像一個慶典裡靦腆的新郎或新娘，頭頂上飄撒著七彩的花粉……

（想親你一下。）我很小聲地說。

（好啊。）

（可是我不敢。）

坐上位子，她仔細地幫我挑選適合我胃口，而我也可能吞嚥得下的東西，一盤總是兩個，她先將其中一個吃下，再將另一個壽司中的芥末挑去，把我怕的魚刺也挑去，放下筷子看著我，陪著我，細嚼慢嚥地消化完那個她處理過的壽司，然後，才又轉向前方去挑選新的食物。

三年的分離，時空阻隔，在這麼殘酷也這麼相愛的人們分離的年代間，她確實已長大爲一個成人，默默地長大爲一個能承載起一份生命的成人。她無須使用言語，或儘管她使用的是一種不負載情感的言語，但她表現出來照料我的種種細節，在我最枯槁的時刻，盡全力要推動我最艱難的生之齒輪的擔當，使我深深地感覺到被愛。

（幸福和美還是常常會有的。）我喃喃自語著。我們並肩踏著微醺的夜色，走向回家的車站。

去東京的那三個星期，也恰巧是櫻花短暫盛開的季節。

小詠怕我整天待在屋裡對身體不好，經常在黃昏帶我去散步，或是午後騎腳踏車到車站搭電車出門去辦雜事，或是雨夜裡哼哼唱唱地騎回住處。櫻花未開那幾天，我們一起數著枝椏上的動靜，花苞開始綻放之後，她也一天天教我觀察櫻花的湧綻……記憶裡，我們像是繞了一大圈別墅區，又繞了一大圈田野小徑，再繞一大圈破落巷道，然後，騎上一大條筆直的荒涼的公路，來到市區近郊的一個小鎮。市集裡湧現著一片鼎沸塵囂，彷彿於其他東京都會裡的街道、人群、貨物、車輛以及空氣裡的氣味……經過這樣的路程，兩個長久相知的人，曾經相愛相分離又重聚首的兩個人，陪著一輛破舊的腳踏車，在如此的人生切點，如此的花開季節，是在做著一種什麼樣的冒險與追尋呢？兩個遠離家園故土、遠離親舊所愛，又各自去了不同的陌生國度的人，重逢在一條陌生又陌生的公路上，共踩著疲憊的腳踏車，而其中一人正瀕臨著死亡的命運，我們是在做著一種什麼樣的放逐、流浪與回歸呢？

是一種旅程，在台灣，在巴黎，在東京，我都不曾看淸過我和她之間的這一段旅程。五年多來，它總是向我展現著斷臂殘肢的形貌，總是在霧間，朦朦朧朧，無終盡的痛苦、悲傷、頓挫，無終盡的忍耐、沉默與分離，旅程，一種連我們彼此的眼淚及哭聲都被抽離的、眞空的漫長旅程……

人與人之間存在著必然的關連性嗎？或者說，天涯海角存在著一個人和我有必然的關連性而要我去尋找？八年了，我總是問自己這個問題。

一位朋友在偶然間告訴我，人生是由一大堆偶然性組成的，如果我相信有什麼必然性，那只是我的幻覺，如果我還相信自己的生命有什麼必然的價値與意義，那麼，我就太缺少現代性而傾向古典了。我仍然相信著必然性，但我也經常被瓦解的必然性擊潰，擊潰得一次比一次更徹底，更片甲不存，不是嗎?小詠，我是個膽大包天的賭徒嗎？

回程，我們牽著腳踏車，各自走在車的左右兩側，走上那條筆直荒涼的大公路，火紅的夕陽閃耀在遠方果林農田的，更遠方，卻也清晰巨大無比，將她的臉映照得稚嫩而美麗，我說我的人生只要可以常常和她一起併行在這樣的夕陽底下，就可以過得很好。

我不願她送我到機場，不願再面對與她別離的場面，我獨自在新宿摸索著直達機場的高速列車，搭機回巴黎。（倘若有一天東京再發生大地震，所有的人都失去身分，那時，重建的行列中，我將不會認領自己的名字，我將不再開口說話，除非是你將我自人群中領走，因爲，我不需要開口，你也會認得我吧？）耳邊再次響起她的聲音，我從高速行進列車的窗玻璃上看到她的臉，我的淚水撲簌簌地滴落，這次，眼淚及哭聲都被釋放出來……

【第十八書】

〔甜蜜的戀愛時代〕

【第十九書】

〔金黃的盟誓時代〕

【第二十書】

六月十七日

兔兔很小，大概十五公分長，雖然是純白的，但全身的末端，腳掌、手掌、鼻尖、兩耳末端、尾尖都染著灰色。絮和我在新橋塞納河邊那一排動植物店逛時，在第一家，絮一眼就看中了牠。之後再逛幾家，看到很可怕站起來幾乎要到我腰部的大兔子，我們都笑開了，開始編織把這種大兔子養在 Clichy 家裡會有多可怕的笑話，像是如果吃飯時候牠們可能會圍上餐巾和我們倆一起坐上餐桌，或是牠們一躍就可以在我們三十五平方公尺的家，從廚房跳到大臥室，甚至可以把兩個大空間中間的牆壁衝倒等等……接著，我們也看了幾家的迷你兔但都不特別起眼，最後絮說養動物講究的是緣份，看對眼最重要，所以我們又回到第一家。我向老闆點了籠子裡兩隻剛出生三個月中的其中一隻。老闆把牠抓出來教我好好觀賞牠，我又問了一堆關於飼料、如何照顧牠及如何判斷牠生病等等的問題，這時，老闆才想到要掀起牠的尾巴來驗證牠是一隻公兔，結果發現這隻並不是我們要的公兔兔，絮就轉身看著籠子裡的另一隻，說她一眼看上的本來就是另外那隻有一雙粉紅色眼睛的兔兔啊！最後，我們興高采烈地帶著這隻粉紅眼的公兔兔，以及牠所有的家當回 Clichy 家裡。我們一起抬著五十公分長的白色籠子，走進「新橋」（Pont Neuf）的地鐵站，搭七號線地鐵到「羅浮美術館」（Palais Royal Musée du Louvre）換一號線，再到「香榭里榭」（Champs-Elysées-Clemenceau）改搭十三號線回 Clichy，在下班尖峰的擁擠地鐵裡，白色籠子放地上，我身上揹著三大包糧草飼料，靠著扶柱站立，絮坐在我身旁的位置裡，逗弄著裝在小紙盒裡的兔兔……我看著他們兩個，認定他們是我的生命伴侶，我要為他們在艱險的人生旅途上奮鬥，至死方休。

（Zoë，我會幫你好好照顧兔兔的。）

唉，若說這是一本軼散了全部情節的無字天書，那也是對的。我常不明瞭是不是屬於我們之間的愛情關係在緝捕著我也緝捕著她，而非我們在緝捕愛情的關係？從我看到她的第一眼、第一天（且兩人也還沒開口說過話）起，我就每天晚上夢見她，直到這連續的夢境逼著我每天給她寫一封信，不顧一切地來愛她……絮常笑我是恐怖份子加神秘主義者，我是嗎？我能不是嗎？之於人類生存之中非理性和超自然的界域，我眞的能有所選擇嗎？理性，眞的可以攔住一個人使他不要死亡不要發瘋，眞的可以攔住一個人不要任意對所愛的人不忠，或是可以使人不在瞬間被不忠的雷電劈死嗎？我很絕望，儘管到最後一天，這些答案對我還是NO，儘管到最後一天，我還是清清楚楚地感覺到被綁在一種不得不去愛她的宿命裡，並且注定要被她無法扼止的不忠、背叛、拋棄之雷電劈死。

我從沒後悔這樣愛過她，我仍高興她來過巴黎，讓我可以給予她一個美麗的家，一份完完整整的愛情，那是我幾年來的心願，我做到了。但是，我很絕望，絕望於自己奇異的性格和奇異的命運……

她並非天性不忠，我也並非天性忠誠，相反地，我的人生是由不忠走向忠誠，她的人生是由忠誠走向不忠，這些都是我們各自的生命資料所展現出來的歷程，只是，在這歷程交錯互動的瞬間，我脆弱的人性爆炸了，我這個個體無聲無息地在天地間被犧牲。一切都僅是大自然。

太宰治在《人間失格》裡所描寫的，主人翁在歷經漫長的頹廢生涯後，娶了一個天眞的小姑娘爲妻，妻子之於他就像青葉瀑布一般滌淨他黑暗污濁的生命，使他過了一陣子如新郎般的小市民生活。有一天，在偶然間，他在樓頂發現他那天性就傾向於信任他人的妻子和一位售貨員之類的不相干男子正在交媾……他說不是妻子的錯，但他的額頭確實是被致命地劈裂了。

人性有致命的弱點，而「愛」也正是在跟整個人性相愛，好的壞的，善的惡的，美麗的悲慘的，「愛」要經驗的是全部的人性資料，或隨機的部分資料，包括自身及對方生命裡的人性資料，我們別無選擇，除非不要愛。

兔兔的籠子被放在我們的床腳邊，牠非常活潑好動，咬破無數書架上的書。我們吃飯時把牠抓到餐桌上，夜晚我們讀書或看電視時牠也陪著我們，牠最喜歡躺在架的書桌底下休息，我們上課回來的第一件事一定是打開籠子放牠出來，直到我們之中有一個人要先上床睡覺才把牠關進籠子。看著架和牠玩，或是餵牠優酪乳吃、為牠鋪草換糧食、靜靜地摸著牠、或在屋子裡追逐牠，關於「家」的渴望與幻想，這些對我來說就是最好的了，我並不對人生要求更多。

紀德在晚年妻子死後寫了《遺悲懷》，懺訴他一生對她的愛與怨。寫這本書的過程裡我反覆地看已經陪伴我五年的《遺悲懷》，唯有這本書所展現出來的力量，愛與怨的真誠力量，才能鼓勵我寫完全書，才能安慰我在寫這本虛構人性內容之書的過程裡的真實痛苦，唯有最真誠的藝術精神才能安慰人類的靈魂。

紀德說：我們故事的特色就是沒有任何鮮明的輪廓，它所涉及的時間太長，涉及我的一生，那是一齣持續不斷、隱而不見、秘密的、內容實在的戲劇。

我常抱起兔兔又親又聞又咬，過分的戀兔舉止常令架笑著抗議。我想對兔兔的愛戀也是對她愛戀的轉移，然而絮和兔兔是更接近、更互相了解、更天性相通的吧，我的天性似乎離他們較遠。兩次出遠門旅行，絮都苦苦央求我帶著兔兔一起去，不要獨自把牠丟在家裡那麼多天，後來還是因爲顧慮牠的安全而作罷。旅行中，怕牠食物吃不夠，絮把一棵綠葉盆栽搬到牠籠子旁，旅行回來後發現一大部分的綠葉已都被牠吃光了。

絮要搭機離開巴黎的那天清晨，她拿著相機幫牠拍照，之後轉頭去收拾行李，兔兔一直圍著她腳邊繞圈圈，一個片刻，絮的一隻腳抬起來，兔兔竟然整個小身體攀上她的腳後跟懸在半空中，那一剎那我的心縮得好緊，兔兔也是捨不得她吧，兔兔也有靈魂，知道她要拋下我們兩個，知道牠短短十個多月的生命就要和絮永別吧！

（Zoë，你想兔兔現在正在幹什麼？）

我永遠不能忘懷那一幕：我們搭夜間火車睡臥鋪，從 Nice 回 Paris，夜裡我爬到上鋪爲她蓋被子，她這樣問我。

我跳下臥鋪走到走廊上，風呼嘯著撲打窗玻璃，外面的世界一片漆黑，唯有幾星燈光，我點起一支菸，問自己還能如何變換著形式繼續愛她？

（Zoë，我們回到家，兔兔會不會穿著西裝打著領帶，開門迎接我們？）

（Zoë——）

全部 Angelopoulos 的影片中，最令我感動的畫面在《亞歷山大帝》（*Alexandre le Grand*）這部作品中。亞歷山大從小愛他的母親，後來和母親結婚，母親穿著一襲白色新娘禮服因反抗極權政治被槍殺，亞歷山大一生只愛著這個女人。有一景是亞歷山大打仗完回家，一進他自己的房間，房間裡只有一張床，和牆上掛著沾著血跡的母親的白色新娘禮服，他對著牆上的白衣服說：（"Femme, je suis retourné."女人，我回來了。）之後靜靜地躺下來睡覺。

就是這樣。我渴望躺在藍色的湖畔旁靜靜地死去……死後將身體捐給鳥獸分食，唯獨取下我的眉輪骨獻給架……像亞歷山大一樣忠於一椿永恆之愛。

【見證】

Je vous souhaite bonheur et santé
mais je ne puis accomplir votre voyage
　je suis un visiteur.
Tout ce que je touche
me fait réellement souffrir
et puis ne m'appartient pas.
Toujours il se trouve quelqu'un pour dire :
　C'est à moi.
Moi je n'ai rien à moi,

avais-je dit un jour avec orgueil
A présent je sais que rien signifie
rien.
Que l'on n'a même pas un nom.
Et qu'il faut en emprunter un, parfois.
Vous pouvez me donner un lieu à regarder.
Oubliez-moi du côté de la mer.
Je vous souhaite bonheur et santé.

——Téo Angelopoulos, *Le pas suspendu de la cigogne*

我祝福您幸福健康
但我不再能完成您的旅程
我是個過客。

全部我所接觸的
眞正使我痛苦
而我身不由己。
總是有個什麼人可以說：
這是我的。
我，沒有什麼東西是我的，
有一天我是不是可以驕傲地這麼說。
如今我知道沒有就是
沒有。
我們同樣沒有名字。
必須去借一個，有時候。
您供給我一個地方可以眺望。
將我遺忘在海邊吧。

我祝福您幸福健康。

——安哲羅浦洛斯《鸛鳥踟躕》

叢書總目錄

001	人生歌王	王禎和著	定價 140 元
002	刺繡的歌謠	鄭愁予著	定價 100 元
003	開放的耳語	瘂弦主編	定價 110 元
004	沈從文自傳	沈從文著	定價 180 元
005	夏志清文學評論集	夏志清著	定價 130 元
006	如何測量水溝的寬度	瘂弦主編	定價 130 元
010	烟花印象	袁則難著	定價 110 元
011	呼蘭河傳	蕭　紅著	定價 130 元
012	曼娜舞蹈教室	黃　凡著	定價 110 元
015	因風飛過薔薇	潘雨桐著	定價 130 元
017	春秋茶室	吳錦發著	定價 130 元
018	文學・政治・知識分子	邵玉銘著	定價 100 元
019	並不很久以前	張　讓著	定價 140 元
020	書和影	王文興著	定價 130 元
021	憐蛾不點燈	許台英著	定價 160 元
022	傅雷家書	傅　雷著	定價 180 元
023	茱萸集	汪曾祺著	定價260 元
024	今生緣	袁瓊瓊著	定價 300 元
025	陰陽大裂變	蘇曉康著	定價 140 元
028	追尋	高大鵬著	定價 130 元
029	給我老爺買魚竿	高行健著	定價 130 元
031	獵	張寧靜著	定價 120 元
032	指點天涯	施叔青著	定價 120 元
033	昨夜星辰	潘雨桐著	定價 130 元
034	脫軌	李若男著	定價 120 元
035	她們在多年以後的夜裡相遇	管　設著	定價 120 元
036	掌上小札	蘇偉貞等著	定價 100 元
037	工作外的觸覺	孫運璿等著	定價 140 元
038	沒卵頭家	王湘琦著	定價 140 元
040	喜福會	譚恩美著	定價 160 元
041	變心的故事	陳曉林等著	定價 110 元
043	影子與高跟鞋	黃秋芳著	定價 120 元
044	不夜城市手記	蔡詩萍著	定價 130 元
045	紅色印象	林　翎著	定價 120 元
046	世人只有一隻眼	凌　拂著	定價 120 元
048	高砂百合	林燿德著	定價 180 元
049	我要去當國王	履　彊著	定價 120 元
050	黑夜裡不斷抽長的犬齒	梁寒衣著	定價 120 元
051	鬼的狂歡	邱妙津著	定價 150 元
052	如花初綻的容顏	張啓疆著	定價 100 元
053	鼠咀集——世紀末在美國	喬志高著	定價 250 元
054	心情兩紀年	阿　盛著	定價 140 元
055	海東青	李永平著	定價 500 元

叢書總目錄

056	三十男人手記	蔡詩萍著	定價 120 元
057	京都會館內褲失竊事件	朱　衣著	定價 120 元
058	我愛張愛玲	林裕翼著	定價 120 元
059	袋鼠男人	李　黎著	定價 140 元
060	紅顏	楊　照著	定價 120 元
062	教授的底牌	鄭明娳著	定價 130 元
068	少年大頭春的生活週記	大頭春著	定價 120 元
069	我們在這裡分手	吳　鳴著	定價 130 元
070	家鄉的女人	梅　新著	定價 110 元
072	紅字團	駱以軍著	定價 130 元
073	秋天的婚禮	師瓊瑜著	定價 120 元
074	大車拚	王禎和著	定價 150 元
075	原稿紙	小　魚著	定價 200 元
076	迷宮零件	林燿德著	定價 130 元
077	紅塵裡的黑尊	陳　衡著	定價 140 元
078	高陽小說研究	張寶琴主編	定價 120 元
079	森林	蓬　草著	定價 140 元
080	我妹妹	大頭春著	定價 130 元
081	小說、小說家和他的太太	張啓疆著	定價 140 元
082	維多利亞俱樂部	施叔青著	定價 130 元
083	兒女們	履　彊著	定價 140 元
084	典範的追求	陳芳明著	定價 250 元
085	浮世書簡	李　黎著	定價 200 元
086	暗巷迷夜	楊　照著	定價 140 元
087	往事追憶錄	楊　照著	定價 130 元
088	星星的末裔	楊　照著	定價 150 元
089	無可原諒的告白	裴在美著	定價 140 元
090	唐吉訶德與老和尙	栗　耘著	定價 140 元
091	佛佑茶腹鳾	栗　耘著	定價 160 元
092	春風有情	履　彊著	定價 130 元
093	沒人寫信給上校	張大春著	定價 250 元
094	舊金山下雨了	王文華著	定價 140 元
095	公主徹夜未眠	成英姝著	定價 130 元
096	地上歲月	陳　列著	定價 120 元
097	地藏菩薩本願寺	東　年著	定價 120 元
098	四十年來中國文學	邵玉銘等編	定價 500 元
099	群山淡景	石黑一雄著	定價 140 元
100	性別越界	張小虹著	定價 180 元
101	行道天涯	平　路著	定價 180 元
102	花叢腹語	蔡珠兒著	定價 180 元
103	簡單的地址	黃寶蓮著	定價 160 元
104	在海德堡墜入情網	龍應台著	定價 180 元
105	文化採光	黃光男著	定價 160 元

叢書總目錄

106	文學的原像	楊　照著	定價 180 元
107	日本電影風貌	舒　明著	定價 300 元
109	夢書	蘇偉貞著	定價 160 元
110	大東區	林燿德著	定價 180 元
111	男人背叛	苦　苓著	定價 160 元
112	呂赫若小說全集	呂赫若著	定價 500 元
113	去年冬天	東　年著	定價 150 元
114	寂寞的群衆	邱妙津著	定價 150 元
116	頑皮家族	張貴興著	定價 160 元
117	安卓珍尼	董啓章著	定價 180 元
118	我是這樣說的	東　年著	定價 150 元
119	撒謊的信徒	張大春著	定價 230 元
120	蒙馬特遺書	邱妙津著	定價 180 元
121	飲食男	盧非易著	定價 180 元
122	迷路的詩	楊　照著	定價 200 元
123	小五的時代	張國立著	定價 180 元
124	夜間飛行	劉叔慧著	定價 170 元
125	危樓夜讀	陳芳明著	定價 250 元
126	野孩子	大頭春著	定價 180 元
127	晴天筆記	李　黎著	定價 180 元
128	自戀女人	張小虹著	定價 180 元
129	慾望新地圖	張小虹著	定價 280 元
130	姐妹書	蔡素芬著	定價180元

請填妥後對折裝訂，直接投郵即可，免貼郵票。

聯合文學出版社有限公司

台北市基隆路一段180號7樓

服務專線：(02)7666759

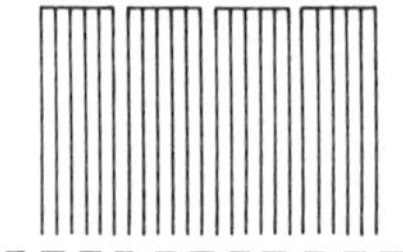

更方便的購書方式：

(1) 信用卡訂閱　填妥「信用卡訂閱單」，傳真或直接郵寄回本社

(2) 郵政劃撥　　聯合文學出版社有限公司　帳號：17623526

◉ 凡以上列方式郵購叢書，可享9折，雜誌訂戶85折優待

◉ 服務專線：(02)7666759讀者服務組

《聯合文學》 蒙馬特遺書 書友卡

感謝您購買本書，這一小張回函，是專為您、作者及本社搭建的橋樑，我們將參考您的意見，出版更多的好書，並提供您相關的書訊、活動以及優惠特價。

姓名：＿＿＿＿＿＿＿＿

地址：＿＿＿＿＿＿＿＿＿＿＿＿＿＿＿＿

電話：＿＿＿＿＿＿＿＿ 職業：＿＿＿＿＿＿

出生：民國＿＿年＿＿月＿＿日 性別：＿＿＿＿

學歷：＿＿＿＿＿＿＿＿＿＿＿＿＿＿＿＿

您得知本書的方法

□報紙、雜誌報導 □報紙廣告 □電臺 □傳單 □聯合文學雜誌

□逛書店 □親友介紹 □其它＿＿＿＿＿＿

購買本書的方式

□＿＿＿＿＿＿市(縣)＿＿＿＿＿＿書局 □劃撥 □贈送

□展覽、演講活動，名稱＿＿＿＿＿＿ □其他＿＿＿＿＿＿

對於本書的意見（請填代號 ❶滿意 ❷尚可 ❸再改進 請提供建議）

內容＿＿＿ 封面＿＿＿ 編排＿＿＿ 其它＿＿＿＿＿

綜合建議＿＿＿＿＿＿＿＿＿＿＿＿＿＿＿＿

＿＿＿＿＿＿＿＿＿＿＿＿＿＿＿＿

＿＿＿＿＿＿＿＿＿＿＿＿＿＿＿＿

您對本社叢書

□經常買 □偶而選購 □初次購買

您是聯合文學雜誌

□訂戶 □曾是訂戶 □零售選購讀者 □一般讀者 □非讀者

購買時間 ＿＿＿年＿＿＿月＿＿＿日

聯合文叢 099

蒙馬特遺書

作　　者／邱妙津
發 行 人／張寶琴

總 編 輯／初安民
主　　編／江一鯉
美術編輯／吳月春
校　　對／唐　琳

出 版 者／聯合文學出版社有限公司
地　　址／台北市基隆路一段180號7樓
電　　話／7666759・7634300轉5106
郵撥帳號／17623526聯合文學出版社有限公司
登 記 證／行政院新聞局局版臺業字第6109號

印 刷 廠／成陽印刷股份有限公司
總 經 銷／聯經出版事業公司
地　　址／台北縣汐止鎮大同路一段367號三樓
電　　話／(02)6422629

出版日期／1996年5月　初版
1997年12月12日　初版十一刷
定　　價／180元

ISBN 957-522-140-0　Printed in Taiwan

國家圖書館出版品預行編目資料

蒙馬特遺書 / 邱妙津著. -- 初版. -- 臺北市
: 聯合文學出版 ; 臺北縣汐止鎮 : 聯經總經
銷, 民85
面 ; 公分. -- (聯合文叢 ; 99)
ISBN 957-522-140-0(平裝)

857.7 85003712